Fact is
simple

MATAR A UNA AMIGA

Lee Kkoch-nim

MATAR A UNA AMIGA

GRANTRAVESÍA

Este libro ha sido publicado con el apoyo de Literature Translation Institute of Korea (LTI Korea).

MATAR A UNA AMIGA

죽이고 싶은 아이 (Killing your friend)
by 이꽃님(Lee Kkoch-nim)

Publicado según acuerdo con Sam & Parkers Co., Ltd. c/o KCC (Korea Copyright Center Inc.), Seúl, y Chiara Tognetti Rights Agency, Milán

Traducción: Álvaro Trigo Maldonado (del coreano)

Ilustración de portada: Bonghyun (Kim)

D.R. © 2024, Editorial Océano, S.L.U.
C/Calabria, 168-174 - Escalera B - Entlo. 2ª
08015 Barcelona, España
www.oceano.com

D.R. © 2024, Editorial Océano de México, S.A. de C.V.
Guillermo Barroso 17-5, Col. Industrial Las Armas
Tlalnepantla de Baz, 54080, Estado de México

Primera edición: abril de 2025

ISBN: 978-607-584-044-4
Depósito legal: B 6688-2025

IMPRESO EN ESPAÑA / *PRINTED IN SPAIN*

9005915010425

FACT IS
SIMPLE

1

Una estudiante de primero

¿Quién? ¿Park Seoeun? Claro que la conozco. No, no vamos a la misma clase. Solamente me he cruzado con ella de vez en cuando por el instituto.

Sinceramente, todo el mundo en el instituto la conoce. No sé mucho sobre ella, pero he oído rumores. ¿Qué tipo de rumores? Un montón, cada día hay alguno nuevo. Debido a eso, algunos han estado investigando sus redes sociales por curiosidad.

Ese día casi me da un infarto, fue una locura. Al principio no me lo podía creer. ¿Quién se iba a creer que habían encontrado a una estudiante muerta en el instituto?

Escuché que en ese sitio había un incinerador hace muchos años. Ya sabes, nuestro instituto es bastante viejo. En el pasado solían quemar basura y todo eso. Hoy en día nadie se acerca por allí. ¿Para qué iba a ir alguien ahí? Ese sitio da miedo y te pone la piel de gallina. Parece que algo te va a atacar en cualquier momento. Se puede ver desde el instituto si sacas la cabeza por la ventana del pasillo, pero no hay nada que ver. Además, está en la parte de atrás, no en el patio y las pistas de recreo de delante.

No, yo no vi nada. Algunos dicen que sí lo vieron. Cuando la que encontró el cuerpo gritó, bajó un montón de gente y llamaron a la policía. Los profesores llegaron después. Siempre llegan tarde y ni siquiera habrían venido de no ser porque alguien fue a avisarlos a la sala de profesores. Si no, apuesto a que se habrían enterado cuando llegase la policía.

¿Que si los profesores sabían lo de Seoeun? ¿Estás de broma? Se enteraron de todo mucho después de que muriese. Estoy segura de que no sabían nada. Para ser sincera, yo tampoco sabía que se metían con ella. Pensaba que eso del acoso escolar eran cosas de la secundaria y que en el bachillerato simplemente hay estudiantes que no se llevan bien con otros y poco más... Parece que Ji Juyeon es la que ha estado acosando a Seoeun. No lo hacía de forma muy obvia, sino que trataba de marginarla de manera indirecta. En cualquier caso, después de lo de ese día todos hemos estado en shock y ha sido todo muy caótico.

Al principio todos pensaron que era un suicidio. ¿A quién se le iba a ocurrir que Juyeon la mataría? Jamás lo hubiera imaginado. Sea como sea, dicen que Juyeon ha arruinado nuestro instituto. Sinceramente, ¿quién querría matricularse en un instituto en el que una estudiante ha muerto?

Algunos ni siquiera han podido volver a clase después de lo que vieron ese día. Yo no vi nada y aun así he tenido pesadillas sólo con escuchar los rumores...

Por otro lado, hay quienes han aprovechado esto como una oportunidad para estudiar más y sacar mejores notas. Guau, la gente así me parece increíble. ¿Acaso los ha poseído algún fantasma con lo de entrar en la universidad? No tienen ninguna empatía.

¿Juyeon? No sé mucho sobre ella. Sólo que es una chica activa, estudiosa y guapa, pero los demás dicen que era muy amiga de Park Seoeun. Fueron amigas íntimas desde la secundaria y siempre iban juntas a todas partes. Si eran tan amigas no sé cómo ha ocurrido esto. Oye, ¿de verdad va a salir esto por la tele? ¿A qué hora?

2

La abogada Kim

Juyeon miró con cansancio a la abogada Kim. La abogada era una mujer implacable que siempre iba a por todas con lo que creía que era justo. Era la típica mujer perfecta, de élite, que no había experimentado el fracaso o la frustración en toda su vida y estaba claro que defendería a su cliente de forma impecable como siempre. Apuntó algo rápidamente mientras revisaba la documentación y después le dedicó una gran sonrisa.

—Con esto estaría todo. Repasemos de nuevo. Entonces, tú no mataste a Seoeun, ¿verdad?

En vez de contestar a la pregunta de la abogada, Juyeon la miró molesta.

—Habéis sido como hermanas, amigas íntimas desde primero de secundaria. Vamos a estar recalcando esto todo el rato, recuérdalo.

La abogada Kim le aseguró que si seguía sus indicaciones quedaría en libertad sin mayores contratiempos. Sin embargo, a Juyeon no le gustaba la abogada. Seguramente habría recibido un montón de dinero de su padre.

Le habían pagado todo ese dinero para defender a alguien inocente. A Juyeon le parecía que no podía haber un trabajo más fácil en el mundo. Aun así, Kim actuaba como si estuviera llevando a cabo una misión extremadamente difícil. Además, su actitud de Diosa le molestaba. Al igual que otros Dioses, actuaba como si te pudiera conceder cualquier deseo si creías en ella con firmeza, pero al final seguramente te quedabas sin nada.

—Dicen que la policía tiene mis huellas dactilares.

—Ah, ¿eso? —replicó la abogada Kim frunciendo ligeramente el ceño ante el comentario de Juyeon.

Aquel día habían golpeado a Seoeun con un ladrillo en la cabeza y la habían matado. El instituto quedó patas arriba cuando se descubrió que había sido un asesinato y no un suicidio como indicaban los primeros rumores. Hicieron todo lo posible por taparlo, pero los rumores circulaban como un humo amorfo que se iba volviendo cada vez más y más gris.

«Una chica de 17 años muere en el instituto.»

El titular de un periodista fue suficiente para hacer enfurecer a la nación entera. Es más, cuando se descubrió que Juyeon, la principal sospechosa, era compañera de la fallecida la gente se enfadó aún más y alzaron la voz exigiendo que se revisase la ley penal juvenil. Las secciones de comentarios de los artículos sobre el caso en internet se llenaron de opiniones afirmando que Juyeon no merecía ser llamada ser humano y pidiendo que fuese condenada a muerte. A medida que la atención pública se iba centrando cada vez más en el caso, un canal de televisión llegó incluso a sacar un programa especial con historias sobre Seoeun y Juyeon.

—¿Fuiste tú? —le había preguntado su madre con expresión exhausta.

No te preocupes, mamá te protegerá. No pasa nada... Quizás Juyeon esperaba demasiado de ella. Supuso que algo de consuelo de una madre que interroga a su hija aterrorizada era mucho pedir.

—Responde, ¿fuiste tú?

—...

Juyeon permaneció en silencio y los ojos de su madre se llenaron de ira y resentimiento.

—¿Qué diablos he hecho mal para merecer esto?, ¿hay algo que no hayamos hecho por ti? Te hemos criado dándote todo lo que has pedido. ¡Nos preocupamos por tu ropa y tu comida! Mírate, ¿así nos lo pagas?, ¿qué problema tienes?, ¿por qué actúas así?

—...

—¿Matar a alguien? ¿Es que has perdido la cabeza? ¿Cómo has podido...?

—...

—¡Te estoy hablando! ¿La mataste tú?, ¿por qué no respondes? —gritó su madre.

Su padre ni siquiera apareció. Debía darle miedo que la gente pudiera reconocerle o a lo mejor quería borrar a su única hija del registro familiar y vivir para siempre como si no existiera. En vez de ir a visitar a su asustada hija su padre había enviado a la abogada más cara y hábil del país.

Ese día en que su madre le echó una reprimenda, la presionó y le preguntó por qué no respondía, la única cosa que le hubiera gustado decir a Juyeon era: «¿Si te dijera que no lo hice me creerías?».

—¿Me estás escuchando?

Kim golpeó la mesa con su bolígrafo para despertar a Juyeon, que estaba con la mirada perdida.

—Repasémoslo de nuevo. La policía tiene dos pruebas: un ladrillo con tus huellas y un mensaje que le enviaste a Seoeun por Kakaotalk aquel día.

Juyeon y Seoeun habían tenido una fuerte discusión. La policía le preguntó a Juyeon por qué se habían peleado, pero ella no lograba recordar el motivo. Sin embargo, estaba claro que Seoeun no tenía razón. Le había pedido perdón a Juyeon, pero estaba tan enfadada que no había podido perdonarla. Todo eso estaba claramente registrado en su historial de mensajes en la aplicación.

Juyeon, ¿sigues enfadada?

Lo siento.

Lo siento por todo.

Ha sido mi culpa.

Seoeun le había enviado esos mensajes. Juyeon los había ignorado durante bastante tiempo hasta que finalmente le contestó:

Vale, luego nos vemos allí.

Ese había sido el último mensaje.

La policía había asumido que «allí» se refería a ese lugar detrás del instituto, que se habían visto y que Seoeun le había suplicado que la perdonase de nuevo. También creían que Juyeon había estado tan enfadada que no había podido perdonarla y en un ataque de furia había tomado un ladrillo del suelo y había golpeado a Seoeun.

Juyeon se sintió confundida después de escuchar lo que dijo la policía. «¿Realmente lo habré hecho?, ¿habré matado a Seoeun?» No podía recordar nada. ¿Por qué se había enfadado tanto?, ¿qué era eso tan grave que había hecho Seoeun?

No.

Juyeon estaba segura.

«Yo no maté a Seoeun. No fui yo.»

Juyeon negó las acusaciones, pero la policía insistió en su culpabilidad. Habían hallado sus huellas dactilares en el ladrillo que había acabado con la vida de Seoeun y la hora de los mensajes encajaba a la perfección. Decían que todas las pruebas circunstanciales apuntaban hacia ella y que, si no estaba fingiendo, lo más seguro es que no recordase nada por la gran conmoción que había sufrido.

—¿Sabías que hay huellas de otra persona aparte de las tuyas en ese ladrillo? —preguntó la abogada Kim como si no hubiera nada de lo que preocuparse.

Juyeon dejó escapar un suspiro de alivio y reflexionó sobre lo que había ocurrido durante los últimos días. Cuando la policía llegó señalándola como culpable se quedó estupefacta y desconcertada. Pensó que si les decía que no había sido ella la soltarían enseguida. Sin embargo, lo que creyó que sería un simple trámite se alargó durante días, un día se convirtió en dos y varios más transcurrieron.

—Tus huellas están marcadas claramente en el ladrillo, pero eso no es suficiente para concluir que seas culpable. Si tuvieran pruebas contundentes no te habrían tenido en esta situación durante tanto tiempo. Como no las tienen, sólo están especulando en base a pruebas circunstanciales. Así que, pase lo que pase, tienes que seguir diciendo que no fuiste tú. ¿Entiendes lo que quiero decir?

3

Una compañera de primero de secundaria

—¿Quiénes sois?, ¿sois de la televisión? Ah, no sé nada del tema. Tengo que irme a la academia. Sí, claro que me he enterado. Es muy triste que Seoeun haya terminado así, pero no me siento cómoda hablando de eso. No la conocía mucho y si digo cualquier cosa sin tener cuidado y se enteran los demás empezarán a decir cosas raras de mí...

—No. Desde hace un rato no paras de repetirme que diga sólo lo que sé, pero es que, de verdad, no sé nada. Sólo íbamos al mismo instituto. En primero estuve en la misma clase que ellas, pero no éramos muy amigas ni hemos tenido contacto desde entonces. No las conozco bien.

Oh, Dios. ¿Por qué me incordias con lo injusto que ha sido todo para Seoeun? ¿Quieres que te cuente sólo lo que sé? ¿Dices que mi identidad permanecerá oculta? ¿Vais a pixelarme la cara y cambiar la voz? He oído que cuando no se hace bien cualquiera puede reconocerte. ¿No podría decirte lo que sé sin grabarlo? Apaga la cámara. Si no sirve, con eso podríais sacar sólo el audio con mi voz modificada.

Siempre pensé que Juyeon era buena chica. Oí que a Seoeun la acosaron cuando estaba en primaria porque era una niña un poco tímida e introvertida.

Cuando íbamos a primero una chica dijo que Seoeun había sido una marginada en primaria y todas las amigas que tenía dejaron de juntarse con ella. Una vez que empiezan a acosarte nunca paran. Así es la gente en el instituto y si te juntas con una marginada puede que terminen acosándote a ti también. Aunque no lleguen a ese punto, como mínimo te conviertes en una perdedora y nadie quiere eso. Recuerdo cómo Juyeon defendió a Seoeun. Dijo: «Sí, la acosaron en la primaria, ¿y qué?, ¿qué más da? Os debería dar vergüenza hablar así de la vida privada de los demás.» Algo así.

Juyeon era muy buena hablando y también en los estudios. Nadie podía ganarle en una discusión de lo bien que se le daba. Después de que saliera a defenderla, nadie se atrevió a llamar marginada a Seoeun ni nada por el estilo. Para ella, Juyeon debió ser como una especie de Superman o Ironman. Gracias a Juyeon, hizo un montón de amigos.

Al principio, tenían sus reservas cuando Seoeun contaba que había sido una marginada, pero Juyeon era tan popular que al final terminaba cayéndoles bien hasta Seoeun de forma natural.

¿Que cómo es Juyeon?

Es la típica chica que todos quieren tener de amiga. Es guapa, buena en los estudios y su familia tiene un montón de dinero. Es una de esas chicas que termina teniendo muchos amigos a su alrededor aunque no mueva un dedo. Como Juyeon y Seoeun eran muy amigas, las chicas que querían hacerse amigas de Juyeon comenzaban tratando bien a Seoeun y así empezaban a salir juntas.

En cuanto a Seoeun... ¿te puedo ser sincera?

Seoeun era un poco rara. ¿Cómo explicarlo? Iba por la vida como una perdedora. Era mala en los estudios, tampoco era especialmente guapa y parecía que en su casa andaban mal de dinero. ¿Sabes?, esas chicas sin presencia con las que no quiere juntarse nadie. Pues ella era exactamente ese tipo de persona.

Pero claro, cuando haces amigas te fijas en todo: la cara, las notas y la familia. No hasta el extremo de clasificarlas por puntos, pero en su interior todo el mundo quiere hacerse amiga de las chicas guapas con dinero y buenas en los estudios. Si fuese divertida tampoco importaría tanto, pero Seoeun no lo era.

Eso es todo lo que sé. Juyeon fue la salvadora de Seoeun.

La verdad, no tengo ni idea. No sé por qué alguien como Juyeon cuidaría tan bien de Seoeun. ¿Quizás quería ayudar a una chica pobre por algún tipo de simpatía o sentido de la justicia?

4

El perfilador criminal

—Hola, así que tú eres Juyeon.

Aquel hombre era un poco diferente de los agentes de antes. Cuando Juyeon se negó a hablar la policía trajo a un perfilador criminal. El perfilador sabía mejor que nadie cómo tratar a los sospechosos y hacer que se sintieran seguros empleando un tono de voz suave. ¿Sería por eso? En cuanto Juyeon vio al perfilador saludarla con una amplia sonrisa le vino a la mente su padre. No porque se parecieran, sino porque eran completamente diferentes.

El padre de Juyeon no era alguien que abriera su corazón con facilidad. Era brusco, reservado y siempre estaba ocupado. Solía decirle que tendría que dar gracias por su apretada agenda.

«¿Sabes a quién tienes que agradecer poder tener este estilo de vida?»

Quizás su padre tuviera razón. En la superficie la vida de Juyeon parecía envidiable. Podía viajar al extranjero cuando le apetecía y comprar cualquier cosa que estuviera de moda antes que los demás sin importar el precio.

Sin embargo, a Juyeon no le gustaba viajar. Su padre apenas lograba encajar tiempo para un viaje dividiendo en pedacitos su ocupada agenda, así que se pasaba los viajes trabajando o durmiendo. Su madre se los pasaba ocupada arrastrándola y haciéndose fotos con ella para después quedarse con la mirada clavada en el teléfono móvil mientras se las enviaba a alguien para presumir. Juyeon se sentía siempre como si fuera invisible. Nunca pasaba nada divertido, pero estaba obligada a ir.

Cada vez que preguntaba «¿De verdad tenemos que ir?», su madre respondía: «Todo el mundo ha estado. ¿Vas a ser la única que no va?».

La madre de Juyeon siempre le compraba ropa de mejor calidad y más cara que la de los demás, quisiera ella o no. Ya desde hacía mucho tiempo Juyeon se había dado cuenta de que desde que nació había sido como el maniquí del escaparate de una tienda para su madre.

—No quiero vestidos, son incómodos. Quiero llevar pantalones.

Cuando Juyeon le dijo eso con impertinencia, su madre la sujetó por el hombro y replicó:

—¿Tienes idea de cuánto cuesta esta ropa? Hay chicos en tu escuela que no podrían ponérsela ni aunque quisieran.

—¡Pero es incómoda!

—Entonces ponte unos pantalones cuando llegues a clase.

Los días en que vestía a Juyeon con ropa nueva y cara su madre siempre insistía en acompañarla hasta la puerta de la escuela. Allí, sujetaba por los hombros con firmeza a su hija y no la dejaba marchar hasta que había saludado a todas las madres. A Juyeon le tocaba soportar las miradas de reprobación del resto de las madres. Ella se sentía humillada mientras que su madre seguramente se sintiera superior al resto.

—¿Eras muy amiga de Seoeun?

—...

—¿Qué clase de chica era?

Ante la pregunta del perfilador, una sensación de tristeza le subió a Juyeon desde lo más profundo de la garganta. La invadió desde adentro como si estuviera a punto de vomitar algo. En lugar de descargar su tristeza, se quedó en silencio, pero sus ojos se llenaron de lágrimas. No era lo que había planeado. Pensaba decirle que no, tal como le había indicado la abogada Kim. Sin embargo, en el momento en que le preguntó por Seoeun y qué tipo de chica era se puso triste sin darse cuenta.

—Tú también debes sentir curiosidad por quién le hizo eso a Seoeun. Tenemos que atrapar al culpable.

—Yo no... yo no fui.

Su respuesta hizo que las cejas del perfilador se movieran de forma casi imperceptible. Después de un rato habló con tono de entenderlo todo:

—No estoy diciendo que tú mataras a Seoeun.

Mentira.

El día que la policía fue a ver a Juyeon le dijeron que solamente dijera la verdad, nada de mentiras. Sin embargo, por más que les dijo sólo la verdad, los policías no la creyeron. Siguieron insistiendo en que dijera la verdad como si hubiera una respuesta preestablecida, por más que les repitió un millón de veces que no mató a Seoeun.

La abogada Kim le había dicho que tenía que confiar sólo en ella. No dudaba de que su padre había elegido a la mejor abogada, no por el bien de Juyeon, sino por el suyo propio.

No le agradaba la idea, pero la única persona en la que podía confiar en ese momento era la abogada Kim. No podía fiarse de nadie. Juyeon juró una y otra vez que nunca diría nada.

—He venido a verte sólo para hablar un poco de Seoeun. Era una buena amiga, ¿verdad?

Juyeon asintió débilmente. Seoeun era realmente una buena amiga.

—Claro. Es una pena que una chica tan buena como Seoeun nos haya dejado, pero no podemos quedarnos sin descubrir quién ha sido el culpable de esto. No lo digo porque crea que seas tú, sino porque me gustaría atrapar al culpable de verdad. ¿Podrías ayudarme?

¿Sería verdad?

¿De verdad ese hombre quería capturar al asesino de Seoeun?

A lo mejor era cierto, porque a diferencia del resto de los policías no le había dicho que ya tenían todas las pruebas y que si admitía su culpabilidad le reducirían la condena. Juyeon se quedó dubitativa por un momento y después asintió. Una sutil sonrisa se dibujó en el rostro del perfilador.

—¿Qué tipo de amiga era Seoeun?

—Seoeun... era muy buena. Cuando estaba con ella me sentía cómoda y nos lo pasábamos bien.

—Debíais ser muy buenas amigas.

—Sí, desde primero del instituto.

—Seguro que tenéis muchos recuerdos juntas.

En cuanto el perfilador pronunció la palabra «recuerdos» un montón de pensamientos cruzaron la mente de Juyeon como si esa palabra hubiera reproducido un vídeo. Desde aquella vez en la que compraron *tteokbokki* enfrente del instituto, esa otra en la que caminaron bajo la lluvia compartiendo un paraguas, cuando se hacían garabatos en las zapatillas y todas las veces en que se quedaban despiertas toda la noche estudiando y charlando. Si lo pensaba, todas esas cosas que había hecho con Seoeun eran recuerdos preciosos para ella.

—¿Viste a Seoeun ese día?

—Sí.

—¿Dónde quedasteis?

—Detrás del instituto.

—¿De qué hablasteis?

¿De qué habían hablado?... Juyeon se quedó perdida en sus pensamientos por un momento ante esa pregunta. Aquel día Seoeun le había dicho que había cometido un error. Tenían un simulacro de examen. Habían quedado en verse detrás del instituto nada más terminar el examen. A veces buscaban un lugar tranquilo, alejado del ruido del resto de estudiantes, y ese descampado era uno de ellos. Solía haber un incinerador, pero había quedado abandonado después de que dejase de utilizarse. Había escritorios y taquillas que no se usaban apilados y basura que la gente había tirado por las ventanas esparcida aquí y allá. No era un sitio que realmente le gustase, pero allí se podían mantener conversaciones secretas sin preocuparse de lo que pensaran los demás.

«Lo siento, Juyeon. Es culpa mía.»

Ese día, Seoeun se había disculpado de rodillas. Juyeon se quedó ahí de pie durante un buen rato mirando a su amiga arrodillada.

«¿Qué es lo que has hecho?»

«Juyeon...»

«¡Deja de llamarme por mi nombre! ¡Dime qué has hecho!»

«Lo siento de verdad. Todo es por mi culpa.»

«¿A qué te refieres con 'todo'? Ni siquiera sabes qué has hecho mal, ¿no? ¡Te digo que me lo cuentes!»

Su propio grito hizo que Juyeon volviera en sí de repente. Recordar aquel día hizo que lo sintiera vívido como si hubiera sido transportada a ese momento y lugar. Pero eso era todo. Le resultaba imposible acordarse de qué error había cometido Seoeun, por qué se había disculpado tanto o por qué se había enfadado tanto. Juyeon miró al perfilador, que estaba esperando su respuesta, y sacudió la cabeza.

—No lo sé. No me acuerdo.

—Bueno, dejémoslo aquí por hoy.

El perfilador consoló a Juyeon, que estaba sufriendo a pesar de que tan sólo había intentado hacer memoria. Luego le dijo que si recordaba algo se lo contase en cualquier momento.

—Una última cosa. ¿Quién crees que podría haberle hecho algo así a Seoeun?

Ante esa pregunta la mirada de Juyeon se cargó de recelo. Gruñó como si esa pregunta sobre su muerte hubiera hecho que se iniciase un programa dentro de su ordenador:

—Yo no la maté.

Al perfilador no se le escapó ni un instante de esa sensible respuesta.

—No he dicho que fueras tú en ningún momento.

—...

Juyeon lo miró con los ojos inyectados en sangre. El perfilador, que la había estado observando durante mucho rato, despegó los labios como si se dispusiera a pronunciar sus palabras de despedida:

—Pero Juyeon, todo el mundo dice que has sido tú, ¿por qué crees que podría ser eso?

5

Una compañera de tercer curso

·ı|ıı|ı·ı|ı|ı·ı

Me hace gracia lo de amigas íntimas. ¿Quién trata a su mejor amiga de esa forma? Ji Juyeon y Park Seoeun no eran tan amigas, más bien eran como una ama y su esclava. Solamente podrían parecer buenas amigas a ojos de los que no se enteran de una mierda. Esa puta de Juyeon es mala, pero mala de verdad.

Sabía que algún día terminarían así. Sabía que esa perra de Juyeon al final haría algo. Fui a la misma clase que ellas en tercer curso de secundaria. Nadie dice nada, pero estoy segura de que todos los que la conocen deben saberlo. Juyeon utilizaba y acosaba a Seoeun.

Al principio yo también pensaba que simplemente eran muy buenas amigas, pero a medida que las observaba vi que algo no encajaba. Seoeun hacía todo lo que le ordenaba Juyeon.

Hay chicas que son así. Parecen amigas, pero si una se fija en realidad no lo son, sino que más bien tienen una jerarquía. Hay muchos chicos así en cada grupo. ¿Cómo van a ser iguales los que dominan el grupo y los que apenas consiguen integrarse en él?

Pero en el caso de Juyeon era más serio. Sólo estaba jugando con Seoeun. Juyeon era muy astuta y le bastaba con poner caras adorables para que todos cayeran rendidos, así que supongo que debía pensar que la gente es patética. Sé calar bien a las chicas como ella en cuanto las veo porque lo he vivido. ¿Sabes lo bien que se comportan ante los profesores? Son unas falsas. Me ponen realmente nerviosa.

Park Seoeun era una completa idiota. Era tan simpática que solía reírse como una tonta con cualquier cosa que le decían. Caía bien a todo el mundo porque tenía una personalidad agradable, pero no podía hacer otros amigos. ¿Te imaginas por qué? Porque si quedaba con otros Juyeon perdía la cabeza, se ponía furiosa y montaba una escena.

Era como: «somos amigas íntimas, ¿cómo se te ocurre hacerte amiga de otros? ¿estás loca?». Algo por el estilo.

Tampoco entiendo lo de Seoeun. Si Juyeon se comportaba como una puta loca, simplemente podía haber dejado de juntarse con ella, ¿no? Pero se echaba a temblar cada vez que Juyeon se enfadaba. También se disculpaba como si hubiera pasado algo grave. ¿Cómo podría describirlo? Supongo que es como si Juyeon dominase su mente. Ahora que lo pienso, creo que realmente era eso lo que pasaba.

¿Que hasta qué punto? Pues una vez tuvimos que hacer un trabajo en grupo... Los profesores son los que deciden quién está en qué grupo, pero normalmente los miembros terminan haciéndose amigos después de preparar el archivo PPT, los materiales para el trabajo, la presentación, etcétera. Vamos a cantar algo al *norebang* con los que nos caen bien, hablamos y nos hacemos amigos de forma natural.

En aquella ocasión me tocó estar en el mismo grupo que Seoeun. ¿Sabes lo que me pareció escalofriante de verdad? Que era Juyeon la que decidía con quién podía juntarse Seoeun. Lo digo en serio. Le decía «Puedes salir con ésta, pero no con esta otra», y ella le hacía caso. Y lo que es peor, Juyeon seguía haciendo eso a pesar de estar en un grupo diferente.

Yo fui una de las chicas con las que Juyeon le dijo que no podía relacionarse. ¿No te parece una auténtica perra? Se cree que es una especie de reina o algo así. Todo tiene que ser como a ella le da la gana y se comporta como una idiota. Es muy molesto que le diga a Seoeun que haga esto y lo otro, y estaba interfiriendo en nuestro trabajo en grupo a pesar de que ni siquiera formaba parte de él, así que al final le dije algo:

«No te interpongas en nuestro trabajo. Métete en tus propios asuntos. ¿Te crees que eres la reina o algo?, ¿por qué vas por ahí dando órdenes a Seoeun?»

¿Qué pasó después? Pues ya te lo imaginas. Lo he dicho hace un momento. Juyeon le dijo a Seoeun que no se acercase a mí. Te lo juro. Ni que fuera una niña de primaria. Lo más gracioso de todo es que Seoeun realmente dejó de hablarme.

Seoeun me lo dijo y me pidió perdón. Después, cada vez que le hablaba miraba primero la cara de Juyeon. Me ponía nerviosa. Una vez, cuando Juyeon no estaba cerca le pregunté por qué se dejaba influenciar así y por qué hacía todo lo que le mandaba. Cuando se lo dije me respondió que Juyeon era su primera mejor amiga y que se sentía muy agradecida porque había hecho un montón de cosas buenas por ella.

¿A que es de locos?

Cada vez que pienso en Juyeon se me pone la piel de gallina. Me pregunto qué historias le habrá contado para lavarle así el cerebro a Seoeun.

Es como con lo que ha ocurrido. ¿No es aterrador sólo de pensarlo?, ¿cómo puede matar a otra persona? Estoy segura de que lo hizo porque, de repente, Seoeun la desobedeció en algo. Ella también es humana, ¿cuánto tiempo iba a estar haciendo sólo lo que diga Juyeon? Ahora que estaba en bachillerato debió darse cuenta de lo tonta que había sido. Me imagino que de pronto dejó de hacerle caso y eso fue insoportable para alguien con la personalidad de Juyeon. No hace falta darle muchas vueltas para darse cuenta.

Juyeon es avariciosa, egoísta y ambiciosa. Hay chicas que son así. He oído que su padre es muy estricto y está todo el tiempo encima de ella. También que Juyeon siempre iba por ahí diciendo que tendría tanto éxito como él. Siempre tenía que triunfar en todo y ser la número uno; pero a pesar de todo el dinero que su padre se gastaba en ella la verdad es que no era tan buena en los estudios.

¿Ha dicho que ella no mató a Seoeun? ¡Guau! Dios, se me pone la piel de gallina. Juyeon es mala, pero mala de verdad.

Oye, supongo que si yo digo esto no será bueno para Juyeon, ¿verdad? Creo que voy a volverme loca sólo de pensar en lo injusta que me parece la muerte de Seoeun. Así que, si necesitáis cualquier cosa, por favor, contacta conmigo en cualquier momento. Te contaré todo lo que sé.

6

El padre de Juyeon

Llegó con dolor de cabeza. Al padre de Juyeon siempre le dolía la cabeza, pero esa vez era mucho peor. Ya se había tomado unos cuantos analgésicos, pero su dolor de cabeza no daba señales de remitir o mejorar. Se sentía como si alguien estuviera incrustándole un clavo en el cerebro con un martillo. El padre de Juyeon se presionó las sienes con ambas manos y se quedó un buen rato mirando el retrato familiar que tenía sobre el escritorio.

Su hija.

Ella era el problema.

Nadie podía echarle en cara que no hubiera trabajado duro. No, ni siquiera la palabra «duro» alcanza a describir todo lo que soportó y cómo perseveró a lo largo de su vida. Él era diferente de sus compañeros de clase, niños de papá que habían disfrutado de una vida tranquila mientras seguían un camino sin obstáculos.

El padre de Juyeon había tenido que esforzarse sin cesar para escapar de un padre que se ponía violento cada vez que bebía y una madre que fue perdiendo las ganas de vivir. Había luchado con desesperación por salir del lodazal de la pobreza sin conocer un momento de descanso. Sin embargo, ahora era su hija la que sacudía los cimientos de su vida después de todo el esfuerzo que había hecho con ella. Había puesto todo su empeño en evitar que ella tuviera que pasar por el mismo tipo de vida que tuvo él.

Le vino a la mente cómo solía envidiar a aquellos que a pesar de no tener ningún talento vivían entre lujos gracias a sus padres ricos. Siempre estaban en lo más alto de la sociedad por más que nunca hubieran logrado nada por sí mismos. Cada vez que se encontraba algo así el padre de Juyeon solía maldecir lo injusto que era el mundo. Escupió a ese sucio mundo y se hizo una promesa: que nunca dejaría que su hija viviera en las mismas circunstancias que él.

Pero ¿qué acababa de ocurrir? Todo ese trabajo que había hecho por su hija se había esfumado y sólo quedaba toda la basura que ella había dejado a su paso asfixiándolo.

El padre de Juyeon estaba convencido de que su hija nunca podría haber matado a su amiga. No, incluso aunque hubiera ocurrido por accidente, ese hecho no debía salir a la luz jamás. Que su hija se convirtiera en un fracaso significaría que su vida como padre también lo era. Y eso implicaría que todo eso en lo que había trabajado tanto a lo largo de su vida sería pisoteado y borrado.

¿A partir de qué momento se habían torcido las cosas? Nunca le había gritado a su hija. Tampoco le había mostrado un aspecto descuidado para no parecerse a su padre. Se había asegurado de hacer algún viaje de vez en cuando y de comer en un buen restaurante tres veces al mes. Siempre le había comprado algún regalo por su cumpleaños y había hecho lo posible por criarla de forma que no tuviera nada que envidiar a los demás.

No la había obligado a ser la mejor como suelen decir los tertulianos de televisión que no tienen ni idea. Cada vez que tenía problemas o le faltaba algo, la enviaba a una academia a que le dieran clases particulares para resolverlo. ¿Acaso puede llamarse coerción al esfuerzo que hacen los padres por sus hijos? Pero su hija no había sido capaz de mantener el ritmo. A pesar de provenir de un hogar perfecto y sin aparentes preocupaciones, siempre había mostrado ciertas carencias. Aun así, el padre de Juyeon había intentado no hacer evidente su desilusión.

«Ya lo harás mejor para la próxima.»

La animó y reconfortó con palabras cálidas. La familia de Juyeon era una familia corriente, con dinero y perfecta.

Pero ¿qué había ido mal?, ¿cómo había podido ocurrir esto? El padre de Juyeon cerró los ojos con fuerza intentando contener el dolor de cabeza que regresaba con intensidad. Se le nubló la visión.

Su problema inmediato era el futuro. ¿Quién confiaría trabajo a un hombre cuya hija está acusada de asesinato? El padre de Juyeon apretó la mandíbula haciendo rechinar sus dientes. No podía quedarse de brazos cruzados y permitir que su vida fuera arruinada de esa forma. Tanto por el futuro de su hija como por el suyo propio.

7

La abogada Kim

—Lo más importante es mantener la coherencia hasta el final.

El rostro de Juyeon se llenó de irritación cuando le dijo eso. La abogada Kim dejó escapar un pequeño suspiro como si estuviera contrariada por su comportamiento.

—Tú misma les dijiste que ese día quedaste con Seoeun, ¿no?

—...

—¿Te das cuenta del gran error que ha sido eso? Es prácticamente como si hubieras reconocido golpearle la cabeza con tus propias manos.

—...

—Juyeon, ¿crees que todo esto es una broma?, ¿piensas que por ser menor recibirás un castigo leve y todo terminará ahí?, ¿quieres que te cuente cómo está el ambiente afuera? Es casi como una caza de brujas. Ahí fuera hay gente que está ardiendo de rabia y esperando destruirte.

Juyeon lo sabía, tenía claro que la abogada Kim no le había creído en ningún momento desde el primer día que se vieron. Solamente se estaba devanando los sesos por la gran suma de dinero que le pagaba su padre y para añadir otra línea a su carrera. En ningún momento había visto ni un ápice de sinceridad en el rostro de la abogada Kim.

—¿Y qué?

Juyeon la miró con el ceño fruncido. A la abogada Kim no le gustaba esa mocosa arrogante y altiva, pero se esforzó por mantener la calma.

—A partir de ahora no hagas ninguna declaración a la policía sin estar yo delante.

Juyeon giró la cabeza con enfado sin responder nada y la abogada Kim lanzó un profundo suspiro.

—Gracias a tu desliz he tenido que darle muchas vueltas a todo. A partir de ahora nos ceñiremos a esta historia. Escucha con atención y no digas más tonterías que puedan arruinarte la vida.

—...

—Escúchame bien. Ese día llamaste a Seoeun para veros en el descampado de detrás del instituto. Sin embargo, por más que la esperaste no llegaba. Estuviste esperando mucho tiempo. Al final llegó, pero tú estabas tan enfadada que simplemente te marchaste a casa sola. No sabes qué ocurrió después.

Las palabras de la abogada Kim sonaban muy plausibles. Tanto que parecían casi verdad.

—Todos piensan que he sido yo.

La abogada Kim sonrió levemente ante las palabras de Juyeon.

—¿Y tú?

—¿Yo?

—¿Tú también piensas que eres la culpable?

No lo sabía. Juyeon realmente no podía saberlo. Al principio podía asegurar con contundencia que no había matado a Seoeun, pero ahora que todos estaban señalándola ya no estaba segura de poder afirmar con seguridad que no la había matado.

La mañana en que encontraron a Seoeun...

Juyeon había ido al instituto sintiéndose traicionada por ella. Cuando se vieron en el descampado de detrás del edificio el día antes se había disculpado por sus errores. Sin embargo, Seoeun no se había puesto en contacto desde entonces. Juyeon estaba muy enfadada y después empezó a tener miedo. ¿Se estaba distanciando de Seoeun? A lo mejor había sido demasiado exigente con ella y no podía seguirle el ritmo.

Cuando se enteró de que Seoeun todavía no había llegado al instituto se mordió las uñas y pensó en si debería mandarle un mensaje o llamarla como si no hubiera pasado nada.

Entonces ocurrió.

—¡Ahhh!

Alguien gritó como si fuera a desgarrarse y después se escuchó el ruido de pasos. Enseguida hubo una conmoción seguida de gritos y se escucharon por todas partes palabras como «policía» o «llamad al 119».

—Juyeon, ha pasado algo terrible. Afuera... afuera está Seoeun...

Juyeon salió al pasillo como si estuviera poseída por algo. Los estudiantes asomaban las cabezas desde cada ventana del pasillo.

—¿Qué es todo este escándalo?, ¿qué está pasando?

A medida que Juyeon se acercaba, el resto le abrían paso. Todos tenían el terror dibujado en el rostro. En cuanto Juyeon miró por la ventana del pasillo y vio el cuerpo de Seoeun tirado miserablemente se desmayó allí mismo.

—¡Juyeon! ¿Estás bien?

¿Bien?, ¿qué iba a hacer ahora?..., ¿qué podía hacer?... Las voces del resto de los estudiantes sonaban distantes como si estuviera escuchándolas bajo el agua. Sus voces se fueron alejando poco a poco, mientras Juyeon se hundía cada vez más profundo en el agua.

—¿Por qué no contestas?, ¿tú también crees que eres la culpable?

—...

Juyeon permaneció en silencio. La abogada Kim la miraba con las manos entrelazadas.

—Juyeon, no importa lo que pase. Yo te creo. Nunca jugaría una partida que fuera a perder. ¿Entiendes lo que digo? El hecho de que yo sea tu defensa significa que nunca serás declarada culpable incluso aunque lo seas.

—...

—La policía dice que golpeaste a Seoeun con un ladrillo y la mataste, pero no tiene sentido. ¿Sabes en cuántos pedazos se rompió el ladrillo?

A Juyeon se le entrecortó la respiración cuando escuchó esas palabras. Se le puso la piel de gallina por todo el cuerpo al pensar en lo mucho que debió sufrir Seoeun. No quería hablar de ello. Era horrible. No podía creer que esa amiga suya tan risueña y que era la que mejor entendía sus sentimientos hubiera muerto.

—Según la lógica de la policía debiste tirarle el ladrillo con una fuerza increíble. ¿Es eso posible para una chica de diecisiete años que apenas pesa 50 kilos? Eso, suponiendo que Seoeun tampoco se hubiera movido y simplemente se hubiera quedado quieta. Pero ¿quién iba a quedarse inmóvil cuando le tiran un ladrillo a la cabeza? Nadie, a no ser que estuviera atado, ¿no?

La abogada Kim había descubierto muchas lagunas en la investigación policial. Como había dicho, no era el tipo de persona que invertiría tiempo en una partida que está perdida. La abogada tenía plena confianza en que podría ganar ese caso también. Sin embargo, sus palabras ya no llegaban a oídos de Juyeon, que estaba mordiéndose el labio.

«Lo siento Juyeon. No debí hacer eso.»

Se acordó de la forma en que Seoeun había suplicado de rodillas.

Tratándose de ella, es posible que se hubiera quedado quieta sin importar lo que Juyeon hiciese, justo del mismo modo en que se había puesto de rodillas y había rogado que la perdonase.

8

El dueño de la tienda 24 horas

Cuando pienso en Seoeun siento una punzada en el pecho. ¿Cómo ha podido terminar así? Puf... sólo puedo decir que el mundo da miedo. No sé qué habrán dicho los demás en las entrevistas que han hecho, pero la Seoeun que yo conocía era una estudiante realmente amable y honesta.

Llevo más de diez años trabajando en esta tienda 24 horas. Para cualquier dueño de una tienda como ésta el problema son siempre los trabajadores a tiempo parcial. Durante estos años he cambiado un montón de veces de trabajadores. No sabría decir cuántos han pasado por aquí, pero seguramente docenas. Al estar abiertos las 24 horas resulta imposible que yo esté en la tienda todo el tiempo, ¿no? Los jóvenes que vienen a hacer la entrevista para trabajar en la tienda siempre llegan diciendo que trabajarán mucho y darán lo mejor de sí mismos, pero en realidad hay pocos en los que uno pueda confiar y apoyarse de verdad. Cuando no estoy se quedan sentados jugando en el móvil o chateando sin importarles si entran o salen clientes. Algunos hasta se van al almacén a dormir. Por eso, no podría describir con palabras lo contento que estaba de contar con alguien tan honesta como Seoeun como empleada a tiempo parcial.

Al principio, me preocupaba un poco dar trabajo a estudiantes de instituto. Se supone que deberían poder hacer sustituciones cuando alguien no se presenta, pero como son estudiantes sus horarios no son flexibles. Además, al ser menores también hay todo tipo de restricciones. Por ejemplo, no es fácil asignarles turnos de noche.

Pero Seoeun vino insistiendo en que quería trabajar a tiempo parcial. Al principio le dije que no lo entendía. El turno terminaba a las 10 de la noche y me preocupaba una chica yendo sola a casa a esas horas. Además, sabía lo irresponsables que podían ser los estudiantes dejando el trabajo de repente. Pero ella me dijo que no me preocupase con una gran sonrisa. Me explicó que se iría a casa con su madre cuando terminara el trabajo. Su madre trabaja en un restaurante de barbacoa que hay a la vuelta de la esquina y termina su turno a las diez y media. Incluso me dijo que trabajaría esa media hora gratis hasta que llegase su madre.

No, por supuesto que no acepté eso. ¿Cómo iba a hacer que la chica trabajase media hora gratis? La dejaba irse pronto cuando podía. Muchas veces la dejaba irse diez minutos antes para que ayudase a su madre a fregar las parrillas y colocarlo todo.

Uno se da cuenta a primera vista. La chica era divertida, sonreía mucho y trabajaba rápido, así que encajaba en el trabajo. Su familia parecía estar atravesando problemas económicos y como justamente me faltaban trabajadores a tiempo parcial decidí contratarla.

Trabajaba bien. Era honesta y alegre. También se portaba bien con su madre. Me enteré de que las dos vivían solas más tarde. Resultaba agradable ver cómo siempre mantenía su sonrisa a pesar de las dificultades. Un día estaba mirando la cámara de seguridad con la aplicación del móvil y vi que un borracho había entrado en la tienda y le puso las cosas difíciles. Después de eso creo que circuló el rumor de que en nuestra tienda había una chica joven trabajando sola y una estudiante en uniforme escolar se acercó y le exigió que le vendiera cigarrillos. Todavía recuerdo a esa estudiante.

Llevaba un uniforme del mismo instituto que Seoeun y sólo con verla me di cuenta de que estaban discutiendo y le exigía que le vendiera cigarros y alcohol. Seoeun le decía todo el rato que no, que estaba prohibido. Así que la otra chica se llenó los bolsillos con chicles, golosinas y chocolates de los que hay en el mostrador y se marchó corriendo. De verdad, aluciné. Seoeun me dijo que lo pagaría todo porque era amiga suya, pero yo la detuve. ¿Amiga? Sí, claro. ¿Qué clase de persona monta una escenita como esa en el lugar de trabajo de su amiga? Menudo panorama.

Después de ese día pensé que no podía dejar las cosas así. Le pedí al estudiante universitario que hace el turno de la noche que fuese a trabajar una o dos horas antes. Al fin y al cabo, esas cosas pasan menos cuando hay más trabajadores.

¿Eh? ¿La chica con el uniforme escolar? Sí, claro. Nunca borro las grabaciones de la cámara, así que debería estar por aquí. Un momento, por favor.

Veamos... Sí, aquí está. Fíjese. Nada más verlo queda claro que la otra chica lo hace por fastidiar a Seoeun. Llega con su uniforme del instituto y se lleva cerveza y *soju,* ¿lo ve? ¿Eh? ¿Dice que la conoce, señor periodista?

¿Quién? ¿dice que esta mocosa fue la que hizo que Seoeun terminara así? ¿Sospechosa?, lo que sea, ¿cree que la policía la arrestaría sin motivo? No me puedo creer lo de esta idiota.

¿Me está diciendo que ha estado acosando a Seoeun todo este tiempo?

9

El perfilador criminal

—¿Cómo te encuentras?

Era otra vez ese analista de conducta. Esta vez Juyeon no bajó la guardia con tanta facilidad. El perfilador la miró con calma mientras Juyeon permanecía con sus espinas defensivas alzadas hacia él. Ninguno de los dos dijo una palabra durante un rato.

¿Cuánto habría pasado?, ¿diez minutos? No, quizás treinta. Juyeon pensaba que le preguntaría cada detalle. Sin embargo, el perfilador no decía nada. Al final, después de un largo silencio fue Juyeon la que habló primero.

—¿Por qué no me estás preguntando nada?

—Siento lástima por ti.

Era una respuesta inesperada.

—Ahora que lo pienso, la otra vez debiste estar enfadada conmigo. ¿Puedo ser honesto contigo?

—…

—En realidad, antes de venir a verte yo también pensaba que eras culpable. ¿Una adolescente con trastorno antisocial de la personalidad que asesina brutalmente a su amiga y aun así lo niega sin ningún tipo de vergüenza?

—…

—¿Te acuerdas de cuando nos vimos por primera vez? Te pregunté qué tipo de amiga era Seoeun.

—Sí, ¿y qué?

—¿Sabías que en ese momento se te llenaron los ojos de lágrimas? Tan sólo preguntarte qué tipo de amiga era hizo que llorases porque la querías y la echabas mucho de menos. ¿Podría alguien así ser la asesina de Seoeun? No sé, en mi opinión las posibilidades son muy bajas.

—...

Juyeon se quedó callada fingiendo que no ocurría nada, pero la realidad era muy distinta porque sintió que esa era la primera vez que alguien comprendía sus sentimientos después de la tragedia.

—Entonces, ¿quién diablos pudo hacerle eso a Seoeun? Necesito descubrirlo, pero todas las pruebas circunstanciales apuntan hacia ti.

—¡Ya te he dicho que no fui yo!

—Lo sé. No fuiste tú. Por eso necesito que me ayudes. Tengo que encontrar al culpable real para poder aclarar todo este malentendido y sacarte de aquí.

—Yo no sé nada.

La voz de Juyeon tembló. Estaba aguantándose el llanto. Apretó los puños e intentó no derramar sus lágrimas, pero se derrumbó y fluyeron después de lo siguiente que dijo el perfilador:

—Tenemos que salir de aquí cuanto antes e ir a visitar el lugar en donde han esparcido los restos de Seoeun.

—...

—Debe haberse sentido muy sola al ver que su mejor amiga no fue a despedirla en su último viaje, ¿no crees?

Juyeon se mordió el labio tan fuerte que parecía que en cualquier momento brotaría la sangre. Con el rostro compungido y lleno de lágrimas se puso a pensar en Seoeun. Era una chica solitaria. Justo igual que ella.

—¿Fue mucha gente... al funeral de Seoeun?

Juyeon tenía la esperanza de que hubiera sido así. Quería pensar que mucha gente había estado acompañando en su último viaje a Seoeun, que sufría de soledad.

—Seoeun... sólo tiene a su madre. Y de amigas... sólo me tiene a mí. Le da mucho miedo estar sola... Y no he podido ir...

Juyeon pudo imaginarse el funeral de Seoeun como si lo estuviera presenciando. Seguro que Seoeun la había estado esperando hasta el último momento. Puede que hubiera estado estirando el cuello y mirando a su alrededor, preguntándose por qué su mejor amiga no aparecía en su funeral. No, en realidad Juyeon estaba segura de que había sido así.

«Me da miedo estar sola. Me da miedo que mi madre huya y no vuelva nunca. Cuando era pequeña siempre me quedaba sola mientras ella estaba en el trabajo.»

Seoeun solía decir eso a menudo. Cada vez que lo hacía, se prometían la una a la otra que nunca se abandonarían y que serían amigas hasta la muerte, pero Juyeon no había podido cumplir su promesa. Si hubiera sido ella la que muriese estaba segura de que Seoeun habría ido a su funeral a toda costa y habría estado protegiéndola hasta el final.

El perfilador simplemente asintió sin decir nada mientras escuchaba sus palabras. Juyeon contó toda su historia entre llantos como si alguien hubiera abierto un grifo que había estado atascado.

—A mamá y papá... nunca les he importado. Creo que siempre he estado sola excepto las veces en que querían presumir de mí delante de otros. La primera vez que vi a

Seoeun… estaba sola. Sentí que era justo igual que yo y quise pasar tiempo con ella.

Durante el primer año de secundaria Juyeon no pudo evitar preocuparse por Seoeun, a quien le costaba hacer amigos y siempre pasaba el día sentada a solas.

—Desde entonces ha sido mi mejor amiga. Me peleé con Seoeun y la odié, pero jamás se me pasó por la cabeza matarla. ¿Cómo podría hacerle algo así? No, de verdad que no he sido yo.

El perfilador asintió despacio. En vez de decirle que la comprendía se limitó a darle palmaditas en la mano y esperar a que se calmase.

—Vale. Atrapemos al culpable y consigamos que haya justicia para Seoeun.

Juyeon se mordió el labio y asintió débilmente. Ella también pensaba que había que descubrir quién le había hecho eso a Seoeun.

—¿Recuerdas algo más de lo que pasó ese día?

Juyeon pensó en decirle lo que la abogada Kim le había dicho que dijera, pero al final decidió decir simplemente la verdad.

—Nada. Por más que intente pensar en ello no soy capaz de recordar nada.

—Puede pasar cuando estás en shock. Si te tomas tu tiempo y lo intentas, seguramente terminarás recordándolo. Cuando lo hagas cuéntame lo que sea.

Juyeon asintió de nuevo.

—He oído que Seoeun tenía un novio. ¿Lo conoces?

Cuando el perfilador pronunció la palabra «novio» Juyeon frunció el ceño sin darse cuenta. Al perfilador tampoco se le escapó ese detalle.

10

Una amiga de clase

No le puedes decir nunca a nadie lo que voy a contarte, ¿vale? Por más que sigas viniendo todo el tiempo de esta forma nadie de la clase va a querer que lo entrevistes. Todos están en shock y es un asunto sobre el que es difícil hablar. Supongo que me pesa en la conciencia...

En realidad, a los demás no les caía bien Seoeun. Ella era... un poco así. No, no es que la acosáramos de forma intencionada ni nada por el estilo, pero sí hubo un pequeño revuelo antes de que las cosas terminaran así.

Al principio del curso todo iba bien. Había buen ambiente en clase y Seoeun se llevaba bien con todos, pero... al parecer durante el segundo semestre Seoeun empezó a salir con un chico o algo así. Había rumores negativos.

Juyeon y Seoeun habían sido muy amigas hasta entonces, pero a partir de cierto momento Juyeon empezó a portarse de una forma un poco extraña con ella. Me pareció raro, pero Juyeon empezó a distanciarse de Seoeun a propósito.

Todos sentíamos curiosidad. Con todos preguntando, al final Juyeon no tuvo otro remedio que dar explicaciones. Pensó que la ayudarían si les contaba lo que estaba ocurriendo. Pero la cosa era un poco...

Bueno… después de que Seoeun empezara con su novio las cosas se pusieron un poco raras. No, no es que peleasen, sino más bien el contacto físico y cosas así. Creo que su novio iba a la universidad. Y también escuché que había un problema de dinero.

Seoeun vive a solas con su madre. Dicen que trabaja sola en un restaurante y que son bastante pobres, pero Seoeun no mostraba ninguna señal de que le faltase nada. No, más que eso la cuestión era que Juyeon le regalaba siempre ropa cara y bolsos para que no se desanimase.

Sinceramente, los rumores sobre Juyeon estos días no son nada buenos. De todas formas, los de la clase no se creen esos rumores. Juyeon cuidaba muy bien de Seoeun. He oído que antes de que ella le hiciera regalos ni siquiera tenía un abrigo de plumas que ponerse en mitad del invierno. Visto así, Juyeon era realmente generosa. ¿Dónde encontrarías una amiga que regale todo de esa manera?

Un día Seoeun le pidió a Juyeon que le comprase una prenda de ropa porque necesitaba algo que ponerse para una cita. También le pidió un poco de dinero porque tenía que ir al cine a ver una película. La gente suele decir que cuando uno es demasiado bueno y extiende una mano al final los demás le toman el brazo, y Seoeun era justo así. He escuchado que su novio también era igual. Como la familia de Juyeon es rica, pensaba que estaba bien que les diera dinero. En vez de detenerla, incluso animaba a Seoeun a sacarle más dinero.

Después de escuchar eso todos empezaron a ver a Seoeun de forma distinta. El número de personas que se relacionaban con ella disminuyó de forma natural y nadie le hablaba mucho, así que se convirtió en una marginada sin serlo oficialmente. A pesar de que Juyeon se había portado tan bien con ella, no importó cuánto intentó detenerla. No sirvió de nada porque Seoeun estaba obsesionada con ese chico. Escuché que Juyeon se esforzó mucho por hacerla entrar en razón.

Nadie de la clase se imaginó que Seoeun terminaría de esa forma. Tampoco hay nadie que se crea que Juyeon mató a Seoeun. La verdad, ninguno creemos que fuese capaz de algo así.

¿Eh? ¿Que si la historia del novio es verdad? Bueno... supongo que sí. Todo el mundo la conoce, ¿eh? No, nunca le pregunté a Seoeun sobre el tema directamente...

¿Por qué me haces esa pregunta? Es un poquito rara.

11

La abogada Kim

—Hoy te traigo una buena noticia. Tus compañeros de clase han dado un testimonio favorable.

Juyeon tenía la mente en blanco a pesar de lo que acababa de decir la abogada Kim. A medida que avanzaba el tiempo cada vez se quedaba con la mente en blanco durante más rato.

—Además, he oído que los rumores que hay sobre Seoeun no son nada buenos, ¿no?

La abogada Kim parecía bastante satisfecha por esas noticias. Juyeon no entendía muy bien de qué estaba hablando.

—He oído que Seoeun hablaba mucho de ese novio que tenía.

Las facciones de Juyeon se tensaron cuando escuchó eso.

—Tengo novio.

Cuando se lo confesó Seoeun se había puesto roja como si le diera vergüenza.

—¿Un novio?, ¿así de repente?, ¿quién es?

—Es un chico que trabaja conmigo a tiempo parcial.

—¿Ah, sí? Eso es genial.

Al principio se alegró de ver a Seoeun contenta. Era muy solitaria, así que era bueno que tuviera a alguien a su lado.

Sin embargo, ese sentimiento no duró demasiado. Seoeun se reía tanto que resultaba molesto, estaba tímida y no paraba de repetir la palabra «novio» todo el tiempo. Parecía que era mucho más feliz con su novio que con ella. Juyeon empezó a enfadarse cada vez más.

—Oye, deja de trabajar ahí.

Pensaba que lo único que tenía que hacer era lograr que dejase la tienda. De esa forma podrían volver a pasar todo el tiempo juntas, pero Seoeun sacudió la cabeza:

—Mi madre sufre trabajando para mantenernos. Me gustaría ayudarla ganando un poco de dinero. Además, el dueño de la tienda también es bastante simpático.

—Yo te daré el dinero.

—¿Por qué ibas a hacer eso?

—¿Acaso la ropa y los zapatos que te he regalado hasta ahora no son dinero también?

—Pero dices que eso es porque tú no los usas...

Juyeon estaba furiosa como un niño al que le han arrebatado uno de sus juguetes. El tiempo de Seoeun era todo suyo. Solía esperarla enfrente de la academia. Con tan sólo una palabra de Juyeon, Seoeun se quedaba ahí esperando a que terminase sus clases. Después comían juntas, tomaban algo y charlaban. Pero todo había cambiado desde que Seoeun empezó ese maldito trabajo en la tienda 24 horas.

Ven luego, a las 8. Vamos a comer algo.

¡Lo siento! Hoy trabajo. :«(:»(

Seoeun siempre estaba ocupada con su trabajo a tiempo parcial. En cuanto terminaba las clases se iba corriendo a trabajar e incluso los fines de semana le decía que le tocaba sustituir a alguien. Juyeon se sentía como si se hubiera quedado sola otra vez.

—Hey, ¡Juyeon!

Cuando fue a la tienda Seoeun sonrió radiante y se mostró contenta de verla. Sin embargo, Juyeon ya no quería verla sonreír.

—Dame unos cigarros.

—¿Qué?

—No me hagas repetirlo. ¿Es que estás sorda? Quiero unos cigarros.

Irritada, Juyeon fue al refrigerador y volvió con una botella de *soju* y otra de cerveza.

—Cóbrame esto también.

Seoeun ya no sonreía.

—¿Por qué te comportas así?, ¿qué alcohol vas a beber tú?

—¿Y a ti qué te importa? Deja de fastidiar y cóbrame todo. ¿No es eso para lo que estás ahí plantada?

Seoeun no se enfadó ni le gritó que parase. Eso hacía que Juyeon se pusiera aún más furiosa. Si se hubiera enfadado pidiéndole explicaciones Juyeon podría haberle gritado de vuelta. En ese caso, a lo mejor le habría dicho que se sentía sola y que mientras ella estaba trabajando en esa tienda y quedando con su novio ella estaba todo el rato sola y se sentía abandonada, pero Seoeun ni siquiera le dio la oportunidad de enfadarse. Seoeun salió de detrás del mostrador y colocó las botellas de vuelta en el refrigerador sin decir nada. Juyeon se mordió el labio. No le gustaba que estuviera actuando como si no pasase nada.

Juyeon no pudo contener su furia. Así que se llenó los bolsillos con lo primero que encontró y se marchó de la tienda. Tenía la esperanza de que el dueño se enfadase y echase a Seoeun acusándola de que habían desaparecido varias cosas durante su turno.

«No sé. No importa lo que le diga, Seoeun no me hace ningún caso.»

«Después de conocer a su novio ha cambiado por completo. Hasta me pidió que le comprase ropa para ponerse en sus citas.»

Juyeon difundió esos rumores maliciosos a propósito. Pensó que si no se llevaba bien con el resto de los compañeros, Seoeun volvería a ella. Justo igual que cuando se habían conocido durante el primer curso de secundaria. Quería hacer que se diera cuenta de que, sin ella, la acosarían de nuevo y de que la necesitaba tanto como ella a Seoeun.

—Seoeun era un poco marginada y la cuidaste muy bien. Le diste dinero para gastar, ropa e incluso te ocupaste de cosas de las que no se ocupaba su madre.

—....

—Buen trabajo. Será una prueba de que Seoeun y tú erais amigas íntimas.

La abogada Kim sonrió con satisfacción mientras ojeaba los documentos. Juyeon se quedó con la mirada perdida sobre una esquina del escritorio.

—No es verdad.

La abogada Kim alzó la mirada como preguntando qué quería decir. Juyeon siguió hablando todavía con la mirada fija en la esquina del escritorio.

—Seoeun no es ese tipo de chica. En realidad, eso de que le di dinero para gastar es mentira.

—¿Cómo?

—Mentí al resto de los compañeros.

Es muy posible que Seoeun ni siquiera descubriera que había difundido una mentira como esa antes de morir. A

Juyeon le preocupaba eso. Le preocupaba el hecho de que alguien creyese en esa mentira que ella había contado ahora que Seoeun estaba muerta y que la gente al final la recordase de esa manera.

—Estaba nerviosa porque Seoeun se llevaba muy bien con todos. No me gustaba que tuviera novio y me molestaba que estuviera viviendo bien sin mí. Por eso dije esas cosas.

La abogada Kim parecía disgustada por lo que acababa de decir. Apretó los labios, frunció el ceño y miró a Juyeon con cara de disgusto.

—No vuelvas a sacar el tema. No puedes contárselo a nadie.

—¿Por qué?

—¿Qué pensarían si supieran que le guardabas rencor a Seoeun e ibas por ahí esparciendo rumores así a propósito? Ah, claro. A vuestra edad todo el mundo puede sentir celos e inventarse rumores, ¿no?

—...

—El fiscal está decidido a no soltar su presa. Te sentenciaría a diez años. Diez años. Es la pena máxima según la ley penal juvenil. ¿Has probado a imaginarte cómo será tu vida en diez años?

—No es verdad.

—¿Cómo?

—Los rumores sobre Seoeun. Ninguno es verdad, me los inventé todos.

—¿De qué estás hablando? Si la gente se los cree se convierten en verdad. Los hechos no importan.

—¿Y qué pasa si el resto piensa que Seoeun era de verdad así?

—Juyeon, tienes que entrar en razón. Ya está muerta, ¿qué importancia tiene? Seoeun es Seoeun y tú deberías vivir tu propia vida. ¿Tienes una idea de lo favorable que es para este juicio el testimonio de que cuidabas muy bien de ella y no la acosabas? ¿Quieres pudrirte aquí durante diez años? También deberías pensar en tu madre y tu padre. Haz lo correcto. Tienes que recobrar el sentido. ¿Entiendes lo que te digo?

Juyeon se quedó sin palabras. Testimonio favorable. Si decía la verdad podía ponerse en desventaja. Testimonios favorables envueltos en mentiras...

12

El novio de Seoeun

Sí, es verdad. Subí un texto a internet.

Creí que la policía estaba investigando y que todo se solucionaría y la muerte injusta de Seoeun quedaría aclarada, pero luego vi extraños rumores sobre ella en internet. Decían cosas intolerables a su antojo y no pude quedarme mirando de brazos cruzados.

Seoeun y yo nos conocimos trabajando a tiempo parcial en la tienda 24 horas. Al principio, creo que me sentí un poco mal al verla trabajando ya tan joven. Así que, traté de ayudarla un poco y nos mantuvimos en contacto... al final terminamos gustándonos el uno al otro. Era una chica muy dulce y amable. Nunca he conocido a alguien tan buena como ella. Era tan agradable que el simple hecho de sentarme y hablar con ella me alegraba. Su madre debió pasarlo mal estando sola, pero hizo un gran trabajo criando a Seoeun. Era muy tierna y guapa.

No puedo entender cómo alguien podría esparcir rumores tan ridículos sobre una chica así. Algunos hasta decían que yo la había utilizado y otros que soy un ladrón. Realmente hay todo tipo de rumores. Da miedo la manera en que alguien puede hacerle cosas tan horribles a otra persona.

Pregunté que dónde demonios habían escuchado todas esas tonterías. Al principio, no me respondió nadie. Dije que los denunciaría por difamación, por difundir informaciones falsas *online* y hacerlas pasar por verdad. Dije que si era verdad lo demostrasen con capturas de mensajes de Kakaotalk, fotografías o lo que fuera. Nadie pudo hacerlo porque sencillamente todo son mentiras. Entonces fue cuando salió lo de Juyeon. En ese momento me quedé totalmente aturdido, como si me hubieran golpeado con un martillo.

Había oído muchas cosas de Juyeon porque Seoeun hablaba de ella todo el tiempo. Como dijo que eran muy amigas yo también quise ser su amigo e incluso quedamos en vernos.

Desde el principio fue un poco raro. Esa chica trataba a Seoeun como a una sirvienta delante de mis narices. Cuando se tomaba un refresco le pedía a Seoeun que le trajera una pajita, cuando se le caía algo le pedía que le diese una toallita y si quería ir al baño en una cafetería le pedía que fuera primero ella a comprobar dónde estaba y si estaba limpio. Seoeun simplemente hacía todo lo que le mandaba.

Me puse furioso porque Seoeun significa mucho para mí. ¿Cómo no iba a enfadarme al ver que la trataba sin ningún respeto? Hasta le pregunté qué mierda pensaba que estaba haciendo en un momento en que Seoeun no estaba, pero como sabía que a mí no me gustaba después se portó todavía peor a propósito. De verdad, sentí que las cosas no podían seguir así.

Le dije a Seoeun que no hiciera ninguna cosa rara que le pidiera. Le pregunté que por qué la obedecía como una sirvienta, pero ella dijo que todo estaba bien. Dijo que Juyeon se portaba así porque se sentía sola, pero que en el fondo era una chica muy agradable. Entonces le pregunté que por qué se sentía tan sola como para portarse así con ella teniendo madre, padre y un montón de dinero. Seoeun me respondió que era una persona de corazón solitario, incluso más solitaria que ella.

Señor periodista...

Quería y adoraba tanto a Seoeun que sólo con sostener su mano me echaba a temblar. Quería protegerla y estar con ella porque sólo verla ya me hacía sonreír. Su padre había fallecido dejándoles nada más que deudas, pero aun así me dijo que lo echaba de menos. Su madre no había podido enviarla a ninguna academia privada como el resto de los estudiantes porque no tenía dinero, pero a pesar de todo estaba feliz de ser su hija.

A veces pienso que Seoeun era tan buena que por eso se tuvo que ir tan pronto. De haber sabido que esto iba a ocurrir me hubiera gustado pasar un poco más de tiempo con ella. Habría sido un poco más fuerte. Me arrepiento mil veces todos los días... No hay nada que pueda hacer.

Por favor, asegúrese de que la persona que le hizo esto a Seoeun reciba su merecido castigo.

13

El perfilador criminal

—¿Sabes que hay historias sobre Seoeun circulando por las redes sociales?

Juyeon miró al perfilador como si no supiese de qué estaba hablando.

—Ah, ¿no lo sabías? De todas formas, no son muy agradables.

—¿Qué es lo que dicen?

—Cosas que la habrían entristecido si se hubiera enterado.

El perfilador dudó un momento como alguien que se dispone a dar malas noticias y luego continuó. Los rumores se estaban difundiendo de una forma mucho más aterradora que cuando Juyeon empezó a hacerlos circular. Juyeon sintió esas palabras que no eran ciertas como si le hubieran golpeado en la cabeza.

Sabía qué tenía que decir, que todo eso eran rumores y mentiras que se había inventado, pero…

«¿Sabes lo favorables que son esos testimonios?»

Juyeon no pudo evitar quedarse callada al recordar lo que le había dicho la abogada Kim.

—La gente es realmente mala. ¿Cómo pueden hacerle eso a una chica que ha muerto?

—...

Juyeon apenas logró tragarse las palabras que tenía atascadas en la garganta como una niña que se obliga a sí misma a tragar un puré insípido. El perfilador la observó en silencio.

—Juyeon, he oído que solías cuidar muy bien de Seoeun, ¿no?

—...

—Le regalabas ropa, zapatos y hasta bolsos. También que le dabas dinero para gastar, ¿verdad?

Juyeon negó cabizbaja.

—Sólo le daba cosas que no uso.

Juyeon tenía de todo: ropa, bolsos, zapatos... No importaba si lo necesitaba o no, ni si lo quería o no, su madre siempre le estaba comprando cosas nuevas. Incluso tenía zapatos que no le valían. Para ponerse unas zapatillas de talla 38 Juyeon tenía que doblar los pulgares de los pies, pero su madre ni siquiera lo sabía.

«Guau, tienes un montón de zapatos» —le había dicho Seoeun con envidia la vez que visitó su casa.

«¿Cuál es tu talla? Si encuentras un par que te valgan te los regalo.»

«No, no te preocupes. Estos son realmente caros.»

«De todas formas, ni siquiera puedo ponérmelos porque me quedan pequeños.»

Seoeun calzaba una 37, pero los zapatos de la talla 38 de marcas que los fabricaban un poco más pequeños le quedaban perfectos.

«¿De verdad me los puedo quedar?»

«Claro. Tengo un montón de ropa que no me pongo. ¿Quieres echar un vistazo?»

Seoeun sacudió la cabeza con los ojos muy abiertos como si Juyeon le estuviera dando un regalo enorme. Era como si le entregara un lingote de oro. Juyeon disfrutaba de ver cómo algo tan simple la conmovía. Seoeun sonreía radiante y parecía muy contenta.

«Bueno.»

Juyeon pensaba que si le daba dinero le gustaría tanto como la primera vez que le dio zapatos, pero cuando le intentó dar un billete de 10.000 wones Seoeun sacudió la cabeza.

«No necesito dinero.»

«Llévatelo. No tienes. Ni siquiera podrías comer *tteokbokki* si no te lo comprase yo.»

Seoeun se quedó callada un momento. Juyeon ni siquiera podía imaginar cómo se habría sentido Seoeun o qué habría pensado en ese breve instante.

«No, no. Cómprame sólo unos fideos instantáneos.»

Cuando Juyeon insistió en pagarle algo, Seoeun le pidió un bol de *ramyeon* barato de la tienda de conveniencia. Le dijo que se sentía mal aceptándolo y que, como mínimo, se aseguraría de pagar ella una vez por cada dos que la invitase. Al verla traer un montón de monedas como si hubiera vaciado la hucha para comprar los *ramyeon,* Juyeon se sintió molesta. ¿Es que no podía darle un poco de dinero su madre?

—El chico que dice ser novio de Seoeun publicó algo en internet. Dijo que todos los rumores que hay sobre ella son mentiras maliciosas.

—Qué alivio.

El perfilador miró en silencio a Juyeon, que parecía exhausta por alguna razón. Alzó una de las cejas ligeramente y luego la bajó, aunque Juyeon no se dio cuenta.

—¿Alivio?

—Seoeun no es nada de eso que dicen.

—Ya veo. Entonces, ¿quién crees que ha estado difundiendo esos rumores malos sobre ella?

—¿Eh?

El perfilador se percató del breve instante en el que la expresión de Juyeon cambió de una ausente a una de alerta.

—Después de investigar el tema descubrí que los mensajes eran todos de compañeros del mismo instituto. ¿Quién crees que podría haberlos inventado?

Juyeon no respondió. En vez de eso, se quedó mirándolo con una expresión tensa y de incomodidad.

—Si alguien estuvo difundiendo rumores negativos sobre Seoeun tendría que ser alguien a quien no le cayese bien. Esa persona podría ser la culpable, ¿no crees?

Cuando el perfilador dijo eso Juyeon bajó rápidamente la mirada. No quería hacer contacto visual. Sentía que no podía permitir que se enterase de que había sido ella la que había comenzado esos rumores.

Un testimonio favorable.

Juyeon tenía la cabeza llena de lo que le había contado la abogada Kim. Un buen testimonio podía sacarla de allí. Uno que afirmase que ella no había matado a Seoeun...

—¿Es verdad lo que dijo el novio de Seoeun?

—...

—Tengo curiosidad. ¿Quién crees que tiene razón? Quiero decir, entre los rumores que circulan por internet y la versión del novio.

Juyeon tampoco respondió en esta ocasión. El novio de Seoeun... pensar en él hacía que le hirviera la sangre. ¿Quién se creía? Ni siquiera conocía a Seoeun tan bien como ella.

El perfilador no dijo nada. Se quedó observando a Juyeon con atención. Tampoco parecía que estuviese esperando una respuesta de su parte.

—¿A ti te gustaba Seoeun?

¿Qué quería decir? Juyeon miró al perfilador como pidiéndole que se explicase.

—No me refiero a como amiga, pregunto si estabas enamorada de ella.

14

Una compañera de clase

Agh, de verdad. ¿Por qué sois así? Ayer vino esa señora y dijo exactamente lo mismo. ¿Que a qué señora me refiero? A la madre de Seoeun, claro. Dijo que si sabíamos algo se lo contásemos. ¿Qué vamos a saber? Todos estamos tan conmocionados que vamos a perder la cabeza.

Sinceramente, no entiendo por qué su madre actúa así. Ni siquiera sabía cómo le iban las cosas a su hija. No importa lo duro que sea ganarse la vida, ¿no debería al menos saber cómo le va a su única hija en el instituto y qué está haciendo? Me parece totalmente irresponsable. Si es tan pobre no debería tener hijos. Seoeun era la última incluso entre las familias más pobres. Me pregunto si le daba siquiera el dinero para comprar los libros de clase. ¿Sabías que Juyeon le dio dinero también cuando fuimos de excursión?

Como no tenía dinero, Seoeun compraba los cuadernos de ejercicios con el dinero que le daba Juyeon. A veces los profesores se sentían mal por ella y se los daban. Según algunos compañeros, la madre de Seoeun le había dicho que dejara de estudiar y simplemente se graduase y se pusiera a trabajar, porque de todas formas no tenía dinero para enviarla a una universidad.

Ahora que lo pienso, los padres de Juyeon deben ser unos santos. Hasta le dijeron a Seoeun que si estudiaba mucho le pagarían la matrícula universitaria. ¿Qué clase de familia hace eso por la amiga de su hija?

¿Dices que parezco saber demasiado? Esto lo sabe todo el mundo en nuestra clase. ¿Rumores? ¿Por qué me preguntas por los rumores sobre Seoeun? Ya sea verdad que robase dinero o no ¿por qué me preguntas sobre eso?

¿Eh?, ¿difamación?, ¿dices que el novio de Seoeun va a encontrar a los que subieron esos comentarios y denunciarlos?, ¿lo has escuchado directamente?, ¿se puede denunciar algo así?, ¿qué pasa si son denunciados?

Mhh. ¿Quién ha dicho eso? Sólo pregunto por curiosidad. No soy la única que habló sobre Seoeun en internet. Seguramente todos los de la clase que usan redes sociales hayan subido algo. Oh, no lo sé. No tengo nada que decir. De verdad, ¿por qué haces esto? Ya te he dicho que no sé. Agh, qué molesto.

15

La madre de Seoeun

«Si eres pobre no tengas hijos.»

Esas palabras que había soltado a la ligera le perforaron el corazón como un cuchillo. Iba todos los días al instituto con el corazón desgarrado como si le hubieran arrancado la carne y ésta se comenzase a pudrir. A pesar de que su hija ya no podía asistir y de que era el lugar que había puesto un trágico punto final a una vida más breve que la de una flor, la madre de Seoeun no podía dejar de visitar el instituto todos los días.

—Señora, entiendo perfectamente cómo se siente, pero si sigue viniendo nos pone a todos en un apuro. Esto es un instituto. Los chicos ya están bastante traumatizados por lo que le ocurrió a Seoeun. Si sigue viniendo y haciéndoles preguntas sólo lo pasarán peor.

Los profesores se mostraban reacios a permitir que la madre de Seoeun visitase el instituto.

—Por favor, profesor. Por favor, ayúdeme a averiguar qué le pasó a Seoeun.

—Si sigue actuando así nos pone en una situación difícil.

La madre de Seoeun se veía seca y agrietada como una tierra que ha soportado una larga sequía. Tenía la cara pálida y los labios cuarteados y descamados. Tras haber perdido a su única hija parecía una planta moribunda.

«Si eres pobre no tengas hijos.»

No la había traído al mundo para que la despreciaran y señalaran con el dedo por ser pobre como había hecho la chica que hizo ese comentario sin consideración. Una vez la madre de Seoeun había sido joven y había estado llena de energía. Su padre había sido igual. No era un hombre rico, pero confiaba en que podría criar a Seoeun de una forma decente.

«Es una niña.»

Cuando descubrió que el bebé en su vientre era una niña, su padre se sentó y rompió a llorar. Habría llorado de la misma forma si hubiera sido un niño.

«¿Por qué lloras?»

«Porque soy feliz. Lloro de felicidad.»

En aquel entonces, la madre de Seoeun creyó que su vida feliz continuaría. Su casa no era grande, pero era suficiente para una familia de tres y siempre estaba llena de risas por más que fueran justos de dinero. Los padres de Seoeun acariciaban el vientre de la madre y le hablaban sin parar al bebé que estaba por nacer. Las historias de ese hombre y esa mujer que pronto serían padres estaban llenas de felicidad sobre el futuro.

Con su piel lechosa y sus labios diminutos Seoeun parecía un milagro desde el instante en que nació. Esa niña preciosa que era idéntica a sus padres los hacía felices a ambos durante todo el día con tan sólo mover sus manitas y piececitos o fruncir los labios.

«Si eres pobre no tengas hijos.»

La razón por la que empezó a convertirse en una carga cuidar de Seoeun fue el accidente de tráfico que sufrió de repente su marido. Su mujer no podía darse por vencida fácilmente con su marido, que había quedado en estado vegetal.

No podía renunciar a la persona con la que tanto había reído y tanto cariño había compartido, la persona con la que había soñado un futuro feliz, el tipo de persona que nunca se había enfadado como un idiota. No podía abandonarlo sólo porque el médico hubiera dicho que apenas había esperanza. Todo eso ocurrió cuando Seoeun tenía seis años.

Después de eso las deudas comenzaron a acumularse descontroladamente sin importar cuánto trabajase, pero la madre de Seoeun no se derrumbó porque su marido, que siempre había dicho que seguirían de la mano cuando el pelo se les volviera cano, seguía con vida. Aunque se encontraba en estado vegetal y no podía moverse, seguía vivo.

La pequeña Seoeun pasaba mucho más tiempo en el hospital que en casa. Solía tumbarse junto a su padre y hablar con él todos los días. Seoeun recordaba hasta el último detalle de esa etapa con claridad. El día en que la respiración de su padre era pesada, el que le cortó las uñas porque las tenía demasiado largas y hasta esos días en que se iba consumiendo poco a poco. Seoeun siempre deseaba que su padre se levantase de repente y la tomara en brazos como solía.

«Ay, pero qué grande se ha hecho mi hija. ¿Cómo es que ahora pesas tanto?»

Tenía esperanzas de que llegase el día en que pudiera acariciar su cara contra la barba áspera de su padre y reírse fuerte mientras él hacía alguno de sus chistes.

Pero ese día no llegó nunca. Pudo haber expresado su tristeza preguntando por qué su padre se había marchado tan pronto y qué se supone que iban a hacer su madre y ella sin él, pero nunca se permitió tener esa clase de pensamientos porque le preocupaba herir los sentimientos de su padre en el más allá si se enteraba. Seoeun era ese tipo de hija.

«Si eres pobre no tengas hijos.»

Hay gente que habla como si nada, pero hay determinadas cosas que no deberían decirse tan a la ligera. Era un comentario que ignoraba por completo todo sobre esa familia que una vez había encontrado una felicidad inmensa incluso en las cosas más triviales.

«Si eres pobre no tengas hijos.»

Sin embargo, siempre habrá alguien que lance palabras imprudentes sin tener idea de nada. Y herida por ellas, una madre se golpeará el pecho destrozado sin consuelo culpándose a sí misma. Sentía un dolor desgarrador por su hija, que siendo tan buena tuvo que soportar el desprecio de sus compañeros sólo por ser pobre.

«Si eres pobre no tengas hijos.»

Como mínimo, no eran las palabras más apropiadas para decirle a una mujer que acaba de perder a su hija y cuya vida ha quedado arruinada.

Como no podía hacer nada, a la madre de Seoeun sólo le quedaba ir al instituto y pedir que por favor la ayudasen y que le dijeran quién había hecho eso a su hija.

16

Una compañera de la academia

Pf, joder, si se entera mi madre le da algo. Me dijo que nada de entrevistas. Me repitió mil veces que los precios de las casas van a bajar y que no dijera ninguna tontería hasta que las cosas se calmasen. Mierda, ¿qué hago?

Claro que la conozco. La conozco desde la secundaria. Solíamos ir a la misma academia. ¿Cómo iba a ser amiga suya? Está loca. Juyeon tiene una personalidad de mierda, así que casi no hablábamos. Mi madre y la suya son más o menos amigas.

Pf, yo solía odiarla a muerte. Es muy maleducada. Ah, lo siento, tengo el hábito de maldecir, me sale todo el rato. ¿Podrías cortar esas partes?

Oh, de verdad odiaba a esa pe... quiero decir, realmente odiaba a Juyeon. Siempre ha sido una payasa, desde pequeña. Durante la secundaria íbamos a la misma academia y ya era rara entonces. Supongo que se podría decir que tiene un trastorno de doble personalidad. Por supuesto, también hay otros compañeros que actúan diferente ante los profesores y con amigos, pero Juyeon estaba a otro nivel. ¿Sabes, lo que ocurre cuando los actores están trabajando y después llega el corte y sus rostros cambian por completo y parecen personas totalmente diferentes? Pues ella es justo así.

Los adultos creen que es inteligente y amable. Mi madre siempre decía que Juyeon era amable, pero lo decía sin tener ni idea de cómo es en realidad. Ahora todo el mundo dice que Juyeon daba miedo o que era un poquito rara desde el principio. Oh, ¿puedo decir esto? Una vez se montó un buen escándalo en la academia cuando estaba en secundaria. Juyeon dijo que un profesor le había tocado las tetas y se montó un alboroto. Se puso a llorar un montón y el director estuvo a punto de volverse loco. Los padres de Juyeon no son para tomárselos a broma, así que si se corría la voz sería el fin. El profesor insistió en que no la tocó y que sólo le había dado una palmadita en el hombro porque no estaba prestando atención, pero ¿quién se iba a creer eso?

Aquel profesor tuvo que disculparse en público delante de los estudiantes y fue despedido de inmediato. ¿En aquel entonces? Por supuesto, todos estuvieron del lado de Juyeon. Hasta mi madre dijo que cómo no iba a prestar atención una chica tan inteligente como ella, pero sinceramente yo sé que el profesor no hizo nada malo. Ese día cuando estuvieron juntos en el pasillo lo vi todo.

Como apenas regañaban a Juyeon sentí curiosidad por espiar en secreto qué le decía. Por eso, me escondí para ver cómo le echaban una reprimenda, pero… no pasó nada. Te digo que lo vi con mis propios ojos. En cuanto la regañó, Juyeon se enfadó y se puso a gritar preguntando si pensaba que iba a quedarse de brazos cruzados. Después se marchó corriendo y se puso a llorar con amargura diciendo que el profesor la había tocado. Guau, hasta casi me lo creí. Es muy buena actriz.

¿Eh? Claro que los demás no lo saben. ¿Que por qué? ¿Crees que alguien me hubiera creído si hubiera dicho la verdad en ese momento? Para nada, todos le habrían creído a ella. Y si hubiera dicho la verdad vete a saber qué me habría podido hacer Juyeon. Siento lástima por ese profesor, pero Juyeon me da más miedo. ¿Qué puedo hacer? Sí, realmente me da miedo. No he vuelto a mirarla a los ojos desde ese día.

17

El profesor responsable

Solía ser profesor, pero ya no. Lo dejé después de aquella tragedia. Todavía estoy recibiendo terapia psicológica. ¿Qué derecho tengo a llamarme profesor cuando una de las estudiantes de mi clase termina así?

Al principio, no podía dormir. Tenía el pulso tan acelerado que apenas podía hacer nada. No puedo expresar el sentimiento de culpa que tengo por no haber hecho nada.

En realidad... sabía algunas cosas. Sabía que Seoeun tenía algunos problemas con su amiga. Resulta muy vergonzoso... fingí no tener ni idea. Me pregunté por qué Juyeon de repente se comportaba así con Seoeun, pero pensé que al final lo dejaría correr. Sus padres son muy extraños y no pensé que fuese buena idea tener un problema con ellos.

A mí me bastaba con fingir no haber visto nada. Si aguantaba unos meses más pasarían de curso y ya no sería mi problema... Sé que es muy patético, pero realmente pensaba así.

¿De verdad la madre de Seoeun... sigue yendo al instituto? He oído algunas cosas. Como he estado recibiendo tratamiento para recuperarme mentalmente durante este tiempo no sé mucho, pero he oído que Juyeon dijo que no fue ella. También escuché que contrataron una abogada muy famosa. En fin...

En cuanto a mí... he vivido de una forma vergonzosa hasta ahora y sé que no debería ser profesor. Sin embargo, estoy decidido a no quedarme de brazos cruzados si vuelve a ocurrir algo así. Siento mucha lástima y vergüenza por Seoeun.

Aquel día la vi. Vi a Juyeon corriendo al descampado de detrás del instituto. Sí, estoy seguro.

Teníamos simulacro de examen, así que terminamos más pronto de lo habitual. Todos los chicos se habían ido y sólo unos pocos se habían quedado para estudiar, pero, extrañamente, Juyeon se marchó corriendo a la parte trasera del instituto. Es un lugar casi abandonado, sucio y peligroso, así que nadie va ahí. Cuando la vi venir corriendo de allí y entrar en el instituto me pareció raro, pero no le di demasiadas vueltas.

Sin embargo, pasado un rato Juyeon volvió a salir de clase con su bolsa. Era como si alguien la estuviera persiguiendo. Ni siquiera la cerró bien, así que su estuche y los papeles del examen se cayeron, pero ella siguió corriendo sin darse cuenta. La llamé en voz alta desde atrás, pero tampoco me oyó. Al principio, pensé que se estaba comportando así porque el examen le había salido mal.

Sé que no hay lugar para las excusas. Debí preguntarle si algo iba mal. Pude haber ido hasta el descampado de detrás del instituto. Pude haber llamado por teléfono a Juyeon... No, más bien debí hacerlo, habrían podido encontrar a Seoeun un poco antes. Y quizás... si yo hubiera...

No, está bien. Es sólo que es un poco difícil hablar sobre Seoeun. ¿Podría dejar la entrevista aquí? Todavía estoy recibiendo tratamiento... Si hace falta no me importa que me vuelvan a interrogar como testigo. Creo que si alguien hizo algo mal debería recibir su castigo.

18

La abogada Kim

—¡Ja! ¡Vaya mierda de profesor!

La abogada Kim hojeaba los documentos irritada porque el profesor a cargo de la clase de Juyeon había dado un testimonio crucial. «¿Es que sólo le importan los estudiantes muertos y no los que siguen vivos?» El profesor apareció como testigo pocos días después de que empezase el juicio. Además, poco antes habían emitido un programa muy sensacionalista. Estaba lleno de caras censuradas con mosaico y voces modificadas y aparecían compañeros de instituto de Seoeun e incluso algunos de su misma clase vomitando teorías conspiranoicas.

¿Por qué mataría una chica de diecisiete años a su mejor amiga? ¿Qué pasó ese día en el instituto? Utilizaban todo tipo de fórmulas provocativas para atraer la atención de la audiencia y empaquetaban hechos sin confirmar como si fueran ciertos. Al menos, eso fue lo que le pareció a Kim.

La gente se enfureció y hubo una inundación de llamadas exigiendo que se aboliera la ley penal juvenil. Llenaron el tablón de anuncios de la residencia presidencial, La Casa Azul, de peticiones y la gente decía que no podía seguir confiando sus hijos a los institutos. Como de costumbre, la razón sucumbió ante la furia.

El fiscal mencionó que Juyeon trataba a Seoeun como a una esclava.

—La fallecida, Park Seoeun sufría acoso escolar y debió sentirse la persona más feliz del mundo cuando la acusada afirmó que sería su amiga. Sin embargo, la acusada no se acercó a ella con intención de ser amigas. Más bien, le dijo que tenía que seguir todas sus órdenes. Fue lejos hasta el punto de decirle quiénes podían ser sus amigos y quiénes no, enviarla a hacer recados y utilizar métodos crueles para atormentar a su víctima y a los que una chica nunca debería recurrir.

La declaración del fiscal contradecía las afirmaciones de la abogada Kim de que Juyeon «cuidaba de la pobre Seoeun como si fuese una hermana». El fiscal terminó su intervención de forma tajante, como si quisiera poner un punto final:

—La acusada le dio cosas que no utilizaba como quien las arroja a la basura y trató a la víctima como a una esclava.

La abogada Kim se mordió el labio. El juicio no estaba yendo bien. La declaración del fiscal de que Juyeon había estado acosando a Seoeun de forma persistente como un lobo disfrazado de cordero contradecía la versión de la abogada Kim de que había actuado sólo con buena voluntad. ¿Cuál era la verdad? En este momento ni siquiera Juyeon lo sabía. A partir de cierto punto, le pareció como si todo fuera un chiste. Le daba la impresión de que en cualquier momento aparecería Seoeun y diría que era sólo una broma. Entonces, se abrazarían y Juyeon le preguntaría cómo había estado. ¿Podría preguntarle por qué le había gastado esa broma pesada y decirle que había pasado mucho miedo?

No.

Juyeon nunca podría perdonar a Seoeun.

¿Cómo se atrevía a provocarla? ¿Le había parecido divertido hacerlo? ¿Se sentía mejor ahora?

La furia de Juyeon hacia ella se hacía más y más intensa.

Era todo por Seoeun. Sin ella, todo eso nunca hubiera ocurrido.

¿Por qué había tenido que aparecer en su vida para atormentarla de esta manera? ¡¿Por qué?! Juyeon, que había planeado suplicar entre lágrimas diciendo que no tenía ni idea de cómo había ocurrido eso, estalló como un perro rabioso echando espuma por la boca y gritando en respuesta al testimonio del profesor:

—¡Yo no lo hice! ¡He dicho que no lo hice! ¡Os digo que yo no fui, joder!

Fue un gran error. Juyeon demostró al juez que cuando se enfadaba perdía la cabeza y actuaba de forma impulsiva sin pensar en qué estaba bien o mal. Tenía que volver en sí. La abogada Kim le había dicho que no debía dejarse arrastrar bajo ningún concepto.

—El testigo ha afirmado que vio a la acusada llegar corriendo desde el descampado hacia el instituto aquel día. Después de que la acusada abandonara el lugar, ¿fue personalmente al descampado?

—No.

—El testigo también ha declarado que la acusada presentaba un aspecto extraño y ni siquiera se había dado cuenta de que la cremallera de su bolsa estaba abierta. ¿Por qué no fue al descampado tras ver a su estudiante actuar de una forma sospechosa?

—...

El profesor no supo qué decir. Las acciones que aquel día pasó por alto pensando que no eran gran cosa ahora lo atormentaban.

—Si la acusada asesinó a la víctima tal como afirma, si el testigo hubiera ido al descampado de detrás del instituto ese día la víctima podría seguir con vida, ¿no es así?

—Protesto, señoría.

El rostro del profesor se tensó, palideció ante las palabras de la abogada Kim y el fiscal protestó. Sin embargo, la abogada Kim no se detuvo. Ése era el momento perfecto para cambiar el sentir de la gente.

—Señoría. No creo que se deba juzgar la vida de una chica en base a especulaciones. Todo el mundo ve las cosas a través de su propia lente. Las acciones bienintencionadas de la acusada podrían parecer poco honestas a ojos de otro. Lo que realmente importa es cómo la víctima percibía a la acusada. Ni siquiera en los mensajes que intercambiaron se ve rastro de ira o rencor de la víctima hacia la acusada.

La abogada Kim continuó su alegato con una expresión que transmitía confianza, como si esa fuera su apelación final.

—Lo que el profesor testigo presenció es cierto. La acusada esperó a la víctima y como no llegó tras aguardar un buen rato se marchó a casa enfadada. Estaba tan molesta que ni siquiera se dio cuenta de que su bolsa estaba abierta ni de que el profesor la estaba llamando desde detrás. Como puede comprobarse a través de los mensajes del teléfono, la víctima hizo algo malo a la acusada. A pesar de que la acusada ahora mismo no recuerda qué ocurrió ese día debido a su estrés postraumático agudo, el testimonio del profesor no puede utilizarse como evidencia de que la acusada asesinase a la víctima. La acusada también está sufriendo por la pérdida de su amiga.

En boca de la abogada Kim, todo aquello sonaba plausible. Terminó su argumentación diciendo que esperaba que la gente entendiese los sentimientos de la joven que acababa de perder a su amiga y estaba siendo falsamente acusada de algo que no había hecho.

19

Una estudiante de primero de bachillerato

Perdona, sois de un programa, ¿no? ¿Lo habéis escuchado ya? Lo del día de la tragedia. Por lo visto dicen que alguien vio a Juyeon golpeando a Seoeun.

Es verdad. Aquel día había simulacro de examen, así que la mayoría se marcharon pronto, pero al parecer había gente que seguía en el instituto. Hay una sala de estudio en la primera planta del edificio anexo. Es una sala para los mejores estudiantes, en concreto los que están entre los 20 primeros. En cualquier caso, alguien estaba estudiando allí y volvió a su clase un momento a recoger su cuaderno de ejercicios. Como apenas quedaban estudiantes estaba todo tranquilo, pero entonces escuchó un ruido raro. Era un grito. Así que, abrió la ventana del pasillo. Lo vio todo. Vio como Juyeon golpeaba a Seoeun con un ladrillo. Ahora todo el mundo está guardando silencio sobre esto, pero el rumor ya está circulando.

¿Eh? ¿Que quién es la persona que lo vio? No tengo ni idea. Todos van diciendo que es alguien de la clase de al lado o que es un amigo el que lo vio. Probablemente sería difícil encontrar a esa persona aunque lo intentéis. ¿Que por qué te cuento esto? Bueno, porque estoy muy frustrada. Siento lástima por Park Seoeun. He oído que Juyeon dice que no fue ella. No, no éramos amigas. Sólo la conocía de cruzarme con ella. Aun así me da lástima. Si las cosas siguen así Juyeon quedará absuelta.

Pues claro, es obvio. Todo el mundo lo sabe. Juyeon tiene un montón de dinero. Su padre conoce a miembros de la Asamblea Nacional y tiene contactos en grandes conglomerados empresariales.

He oído rumores de que ya ha hablado con el fiscal. Todo el mundo dice que Juyeon nunca tendrá que sufrir ninguna consecuencia.

20

Juyeon

Juyeon estaba mirando al vacío. Llevaba varios días a solas. La abogada Kim había sido su última visita hacía ya cuatro días. En esa ocasión, le había enseñado todo lo que decían sobre ella, cómo la señalaban y lo que estaba saliendo por televisión. Lo hizo como si quisiera que Juyeon se diera cuenta de lo estúpida que había sido su forma de actuar en el juzgado.

—¿Lo entiendes ahora? Te has ahorcado tú sola.

Juyeon se sentía como si la persona que salía en esos vídeos fuese otra. Algunos la llamaban malvada y otros, basura. Seoeun había sido su amiga y se había convertido en su esclava, y la despiadada Juyeon la había explotado. Gente que ni siquiera la conocía la insultaba y los que la conocían decían que sabían que algo así terminaría ocurriendo.

—¿Lo has visto? Ahora estás completamente sola.

Juyeon se sentía destrozada, hecha pedazos y como si no quedara nada de ella. La abogada Kim la miró como si fuera patética antes de marcharse y dejarla realmente sola.

Pero no, Juyeon no estaba sola.

Seoeun estaba en ese lugar en el que tenía la vista fijada Juyeon. Podía verla. La veía con claridad y también la sentía.

Al principio, creyó que era un sueño. Sin embargo, Seoeun aparecía siempre ahí independientemente de la hora o de si estaba todo a oscuras o era de día.

Seoeun no decía ni hacía nada. Sólo se quedaba mirándola fijamente.

—¿Qué quieres que haga?

—...

Por más que Juyeon intentase decirle algo moviendo sus labios secos, Seoeun permanecía en silencio.

—¿Va a cambiar algo porque me mires así? ¿Vas a resucitar y voy a poder salir de aquí?

A esas alturas sabía que nada cambiaría. Por más que Seoeun la mirase con ojos cargados de resentimiento y por más que la visitase cada día, nada cambiaría. La cara de Seoeun parecía la de alguien que ha perdido todo en la guerra y está esperando a la muerte. Juyeon quería preguntarle por qué seguía visitándola y qué diablos quería de ella.

«¿A ti te gustaba Seoeun? No me refiero a como amiga, pregunto si estabas enamorada de ella.»

El perfilador le había preguntado aquello. No había podido responder la pregunta porque ni ella misma estaba segura. ¿Era Seoeun una amiga para ella o era algo más precioso que una amiga? Juyeon se abrazó las rodillas e inclinó la cabeza.

«Todo esto es por tu culpa. Si no hubieras muerto no habría ningún problema. Nada de esto habría pasado, ¿entiendes?»

Una lágrima cayó y corrió por su mejilla. Juyeon le guardaba rencor a Seoeun por visitarla siempre.

Aquel día Seoeun también la había mirado justo como hacía en ese momento.

—¿De qué estás hablando?

—Pídeme perdón.

—¿Por qué me utilizas?

Seoeun parecía avergonzada y Juyeon odió todavía más su expresión.

—Trabajas a tiempo parcial, quedas con tu novio y haces de todo. Ni siquiera me llamas cuando te necesito, pero luego siempre me pides cosas como los resúmenes antes de los exámenes. ¿Acaso eso no es utilizarme?

—No es verdad...

—¿Sabes cuántas veces has ignorado mis llamadas desde que tienes novio?, ¿lo haces a propósito?

—¿Por qué hablas así?

—¿Qué otra cosa voy a decir? Sólo me llamas cuando necesitas algo. Sólo quieres chuparme la sangre. ¿Te parezco una ingenua?

—Oye, Juyeon.

—Elige: tu novio o yo. Ya estoy cansada de que me utilices.

—¿Qué?

Seoeun miró a Juyeon como si estuviera diciendo algo sin sentido y sonrió ligeramente como pidiéndole que se dejase de bromas.

—¿Te parece divertido?

—No es eso...

—¿Qué diablos soy para ti? Dijiste que éramos amigas íntimas. ¿Crees que ser amigas íntimas significa fingir que conoces a la otra sólo cuando necesitas algo? ¿Sabes lo mal que lo estoy pasando estos días? No te importa cómo me siento ni mis preocupaciones.

A partir de esa noche Seoeun le envió un montón de mensajes por Kakaotalk diciendo que lo sentía y que se había portado mal con ella. Cada vez que lo hacía Juyeon sentía su orgullo herido, magullado y hecho añicos. Se sentía como si estuviera a punto de derrumbarse.

¿Por qué diablos pide perdón? El otro día me dijo que éramos amigas íntimas, pero ¿ahora se siente culpable porque realmente no me ve como a una amiga?, ¿es porque su novio es más importante que yo?, ¿se siente mal porque le parezco patética cada vez que le suplico pasar tiempo juntas y que por favor no me deje sola?

«¿A ti te gustaba Seoeun?»

Las palabras del perfilador volvieron a dar vueltas en su cabeza. Se preguntó si realmente le gustaba Seoeun.

Juyeon enterró la cabeza entre las rodillas y se puso a pensar. Ya no le importaba si había sido amor o no.

«Exacto. Me gustabas. Me gustabas porque eras una amiga que nunca hablaba mal de mí a mis espaldas sin importar qué dijera y me gustaba poder contarte todo lo que se me pasaba por la cabeza. Me gustaba que fueses feliz de verdad junto a mí cuando yo lo estaba y que no me mirabas con cara de decepción cuando cometía un error. Me gustaba que fueras alguien que me acepta tal como soy.»

Juyeon alzó la vista y observó a la Seoeun que no decía nada.

—¿Sabes qué? Me gusta… que vengas a verme de esta forma porque cuando estás aquí no estoy sola.

21

El psiquiatra

Las preocupaciones sobre la identidad sexual a menudo se dan en la adolescencia. Es una etapa en la que los individuos normalmente empiezan a desarrollar sentimientos por el sexo opuesto y trabajan en la construcción de su identidad.

Si examinamos el diario de Juyeon no se perciben señales evidentes de inquietud con respecto a su identidad sexual. Sin embargo, en algún momento parece haber tomado conciencia de su creciente obsesión por su amiga. Veamos esa parte:

«Me siento como si estuviera perdiendo la cabeza. ¿Por qué soy así? ~~Echo de menos a Seoeun un montón.~~»

Es necesario prestar atención a esta parte que fue escrita y después tachada. Parece que se siente confusa por sus sentimientos hacia su amiga. El problema aquí es el ambiente opresivo familiar. En casos como el de esta estudiante deberían tener a alguien para recibir asistencia psicológica o hablar abiertamente de ello, pero en la familia de Juyeon no se da esa posibilidad para nada. En su diario aparecen con frecuencia frases como: «Papá y mamá no se pueden enterar» o «tengo miedo».

En el caso de Ji Juyeon, parece que se siente confusa sobre sus emociones y no sabe exactamente qué significan. Se da cuenta de que sus sentimientos hacia su amiga se están volviendo cada vez más obsesivos y en una situación así el hecho de que su amiga no corresponda a esos sentimientos debe haber sido muy frustrante e irritante para ella. Lo cierto es que Juyeon viene de una familia adinerada, es buena en los estudios y siempre ha recibido halagos y ha llevado una vida de triunfos. Sin embargo, a menudo parece ansiosa e intranquila. Cree que si no gana se convertirá en una perdedora. Este sentimiento de inseguridad le produce una presión por ganar a toda costa y al final explota como una bomba cuando las cosas no salen como ella quiere. En especial, la reacción de Juyeon al rechazo parece producir tendencias violentas y de ira.

«Odio a ese hijo de puta que está intentando coquetear con Seoeun, me pone enferma y no aguanto que Seoeun me ignore porque le gusta tanto. Me dan ganas de matarlos.»

Bueno, es difícil de afirmar que sólo porque haya escrito en su diario que le gustaría matar a alguien realmente haya llegado al punto de cometer un asesinato. Sin embargo, cabe la posibilidad de que cometiese un acto que escapase a su control una vez emergiesen sus tendencias violentas.

22

La abogada Kim

Por suerte, superaron el juicio por los pelos, aunque no había ninguna garantía de que fuesen a ganar las sesiones restantes. La abogada Kim afiló su determinación como si se tratase de una hoja forjada para perforar y herir a alguien. Sólo recordar lo que ocurrió en el tribunal la llenaba de frustración. A pesar de sus esfuerzos por salvar esa vida al borde del colapso peleando junto al precipicio con desesperación, Juyeon actuaba como si estuviera ansiosa por caer.

—¿Qué tal es estar sola?

Juyeon no contestó a la pregunta de la abogada Kim. Su mirada desenfocada estaba fija en algún lugar desconocido como si estuviera poseída.

La abogada Kim había escuchado que nadie había ido a visitar a Juyeon durante los últimos días en que ella no lo había hecho. No había sido intencional, pero pensó que era positivo. Juyeon había debido sentirse completamente sola y asustada. Tenía que tomar conciencia de lo terrorífico que era. Necesitaba saber la manera en que su vida pendía peligrosamente de un hilo. De esa forma no volvería a cometer el mismo error.

—¿Por qué no confesaste directamente que la asesinaste? Te dije que actuases como una pobre chica que ha perdido a su mejor amiga. No pudiste ¿y te pones a insultar a gritos?

La abogada Kim le había gritado a Juyeon y de repente se dio cuenta de su error. Por más dura que se mostrase con ella todavía tenía sólo diecisiete años. Debió responder de forma racional, pero sin darse cuenta se había puesto furiosa con su clienta, que era una adolescente. Kim tenía que reconocer que la había puesto contra las cuerdas.

Era un caso del que todos los medios hablaban y que había atraído la atención de todo el mundo. La abogada Kim sabía perfectamente que la manera en que concluyera el juicio tendría un impacto significativo en su carrera.

—Muy bien. Empecemos de cero. Es tu primer juicio, así que es normal que te resulte extraño y estés asustada. Como dije antes, no hace falta que escuches a nadie más. Simplemente haz lo que digo y te sacaré de ésta.

Sin embargo, Juyeon todavía se veía como si hubiera perdido el juicio y su cara estaba exenta de vitalidad. Al verla así, la abogada Kim sintió cierto resentimiento.

¿Pensaba volver en sí de una vez? Estaba en una posición en la que tendría que estar llorando y suplicando que la salvara. Era como una cuerda caída del cielo para ella.

Tenía esperanzas de que Juyeon se agarrara a esa cuerda.

—No vuelvas a actuar así. Si lo haces será realmente difícil...

—...¿Y si yo la hubiera matado?

—¿Qué acabas de decir?

Juyeon se echó a llorar como una niña desamparada ante la pregunta de la abogada.

—De verdad no me acuerdo, no creo que lo hiciera... ¿pero si realmente lo hubiera hecho...?

—¿Y qué más da?

—¿Cómo?

Juyeon la miró. La abogada Kim le devolvió la mirada con ojos fríos. Transmitía firmeza, como si no tuviera ninguna intención de caer en sus provocaciones infantiles.

—Si la hubieras matado, ¿piensas quedarte aquí y pagar por ello?, ¿vas a pudrirte en la cárcel durante tus mejores años?

Juyeon tenía un tic en el ojo por la ansiedad. Se sentía como si tuviera a su madre delante.

—Mírame. Ya te lo dije, ¿no? Si yo te defiendo tienes que ser inocente incluso aunque seas culpable. He venido a sacarte de aquí. Vale, entiendo que debes estar preocupada por la chica muerta, pero…

Después de descubrir que a Seoeun no se le daban bien los estudios y que su familia era pobre, la madre de Juyeon estaba siempre disgustada. Le decía que saliera con otras chicas que pudieran ayudarla en la vida y que no había nada que ganar de alguien sin ningún valor como Seoeun.

—¿Te sientes culpable? Ya, es comprensible. Pero ahora no es el momento. Que te sientas culpable no cambiará nada.

«Con todas las chicas buenas que hay, ¿por qué tienes que juntarte con Seoeun?» Cuando su madre se puso a hacer averiguaciones descubrió que su nivel era mucho más bajo de lo que había imaginado. «¿Sientes lástima por ella? Hay un límite a la compasión que uno puede sentir. Si te sientes mal simplemente le enviaré algo de dinero. Tú estudia mucho. Tienes que estudiar y triunfar. ¿Ayudar a chicas desfavorecidas? Cuando tengas éxito podrás hacer lo que te dé la gana.»

—La muerte de esa chica es cosa del pasado. Vivir en el pasado es algo que sólo hacen los perdedores…

«Ptt»

Juyeon escupió a la cara de la abogada Kim y se hizo el silencio por un momento. La abogada cerró los ojos con fuerza. La saliva caía por su ojo izquierdo y Juyeon le dedicaba una mirada cargada de veneno.

—Eres basura.

La abogada Kim alzó la mano y limpió las babas que bajaban por su cara. Las palabras de Juyeon se clavaron en sus oídos y no se las podía sacar de encima.

¿Basura?, se repitió esa palabra una y otra vez. En toda su vida nunca había fracasado. Había llevado una vida llena de éxitos y victorias y todo el mundo la envidiaba, pero ahora una niña caprichosa estaba insultándola sin ninguna vergüenza. Una chica arrogante incapaz de hacer nada por sí misma y que no sabía mostrar agradecimiento la estaba llamando «basura».

—¿Quieres que te diga la verdad?

La voz de la abogada Kim sonaba inquietantemente tranquila.

—La gente dice que eres una perra horrible y cruel. La hija de puta más mala del planeta que trata a sus amigos como a esclavos y una psicópata que ahora incluso ha cometido un asesinato.

—Yo no la maté. ¡He dicho que no la maté!

—No importa si lo hiciste o no. De ahora en adelante cada acción que cometas y cada palabra que pronuncies te agarrará por el tobillo y te arrastrará al fango. Ya nadie creerá nada de lo que digas.

Juyeon la miró como si estuviera a punto de abalanzarse sobre ella. La abogada Kim se enfrentó a la chica rebelde con una ligera sonrisa.

—En realidad, debería darte las gracias por estar actuando como una desquiciada. Gracias a ti he recobrado el sentido. No creo que tú y yo seamos compatibles, ¿verdad?

La respiración de Juyeon se aceleró. La abogada Kim enderezó los documentos y se alisó el cuello de la camisa como si no hubiera ocurrido nada. Juyeon seguía mirándola con intensidad. La abogada Kim recogió con calma su bolso y se dispuso a salir. Entonces, se giró y miró a Juyeon como si acabara de recordar algo.

—Creo que hemos terminado aquí. ¿Sabes lo que eso significa?

—...

—Que estás acabada.

23

La madre de Juyeon

Cuando la abogada Kim dijo que renunciaba la madre de Juyeon sintió que se le nublaba la visión.

—¿De qué está hablando?... ¿Va a dejar el caso de repente?

Estaba claro cuál sería la opinión pública si lo hacía. Seguro que dirían tonterías como que la chica no tenía ninguna esperanza y que hasta su abogada había renunciado por cargo de conciencia.

Intentó ofrecerle una tarifa más alta. Le dijo que le pagaría lo que quisiera, pero la abogada sacudió la cabeza. Parecía tener una ligera sonrisa en el rostro.

—¿Cuál es la razón por la que renuncia de repente?

—Creo que he hecho todo lo posible.

—¿Qué quiere decir?

La abogada Kim simplemente sacudió la cabeza sin añadir nada ante la insistencia de la madre de Juyeon. Era como una sentencia a muerte.

Una chica que había asesinado a su amiga...

La gente estaba celosa de su hija, que era rica, inteligente y guapa. Eso es. La madre de Juyeon creía que los rumores eran por envidia. O quizás se tratase de complejo de inferioridad.

Después de que se marchase la abogada Kim nadie quiso hacerse cargo de la defensa. Por más que les ofrecieran cientos de millones de wones no querían tener nada que ver con el caso de Juyeon, el juicio ya marchaba en su contra y además había rumores de que era una psicópata. Aunque no lo decían abiertamente tenían miedo a que afectase de forma negativa a su reputación y manchase su nombre.

La madre de Juyeon no lograba comprenderlo. ¿Por qué habría hecho su hija algo tan terrible?, ¿por qué demonios?, ¿acaso le faltaba algo?, ¿cuál era la razón?

Ahora que lo pensaba, siempre había sido una niña puntillosa. Por más que le comprase juguetes interesantes nunca la había visto disfrutar con ellos. Siempre estaba inexpresiva. No sabía cómo mostrarse feliz con juguetes nuevos, ropa o incluso cuando comía algo caro. Su hija no era feliz sin importar qué hiciese, y su madre se sentía desconcertada. ¿Qué tenía que hacer para ganarse su corazón?, ¿cómo podía lograr llevarse bien con su hija?

La madre de Juyeon siguió comprándole más y más regalos con la esperanza de que un día su hija sonriera radiante al verlos, le diera las gracias diciendo que le encantaban y fuese feliz.

Pero ese día nunca llegó y al final ocurrió esto.

—Te he dicho que no. ¡No quiero nada! ¡Márchate!

No podía recordar por qué se había enfadado tanto esa vez. Juyeon solía enfadarse por asuntos triviales, pero aquel día fue un poco diferente. Gritó como si estuviera fuera de sí y tiró todo lo que estaba al alcance de su mano. Sin saber qué hacer, la madre de Juyeon se tapó la boca abierta con una mano y la observó con el rostro pálido. Mientras lo hacía,

Juyeon se iba poniendo más y más violenta. Arrojaba objetos, insultaba y a partir de cierto momento empezó a hacerse daño a sí misma, incapaz de controlar su ira.

—¡Para Juyeon! ¡Detente!

—¡Suéltame! ¡No me toques! ¡Aparta tus manos!

Al principio se golpeó la cabeza con los puños. Cuando su madre la detuvo sorprendida se volvió aún más violenta. Se puso a gritar como si alguien le estuviera pegando y empezó a darse golpes contra la pared. En ese momento, su marido, que acababa de llegar a casa, subió las escaleras a todo correr sorprendido por el ruido.

—¿Qué está pasando?

La única persona a la que temía Juyeon era su padre. Su madre creyó que se calmaría cuando llegase. Pudo sentir cierto alivio, pero en ese momento se le puso la piel de gallina con lo siguiente que dijo su hija:

—Perdona mamá, es culpa mía. No lo volveré a hacer. Por favor, no me pegues.

Después de ese día la madre de Juyeon tuvo que ir a un psiquiatra, pero no podía confesar que su hija se había autolesionado y le había echado la culpa a ella. Eso no podía decírselo a nadie de ninguna manera.

La madre de Juyeon no habló con nadie sobre aquello. Se dijo a sí misma que era imposible que su preciosa hija hubiera hecho algo tan horrible. Tenía que ser una broma infantil. Debía ser porque todavía era demasiado niña. Tenía que ser eso.

24

El perfilador criminal

—He oído que cambiarás de abogada.

Juyeon no respondió a esa afirmación cautelosa.

—¿Qué estás mirando? —preguntó al parecerle raro que Juyeon llevase un buen rato mirando en la misma dirección.

—¿No puedes verla? —preguntó Juyeon en un susurro con la mirada todavía fija en ese punto.

—¿Ver qué?

El perfilador giró la cabeza hacia donde Juyeon estaba mirando, pero no vio nada.

—Es Seoeun.

En ese momento la expresión del perfilador cambió tan rápido y sutilmente que nadie se habría dado cuenta.

—¿Qué?

—Es Seoeun. Lleva un rato ahí de pie.

—¿Puedes ver a Seoeun?

—Viene a verme a menudo.

—¿Cuánto hace que viene a verte?

Juyeon había estado un rato con la mirada perdida, pero en ese momento estaba mirando fijamente hacia un punto como si realmente pudiera ver algo.

—Viene todos los días, pero no dice nada, sólo se queda mirándome.

El perfilador observó a Juyeon sin decir nada.

—Sé por qué lo hace.

—¿Por qué?

—Porque me odia. Me odia a morir.

¿En qué estaría pensando? Su mente trabajó con rapidez. Era raro que de repente viese a su amiga muerta justo cuando la otra abogada había anunciado que renunciaba. A lo mejor se trataba de una estrategia.

Como el juicio le era desfavorable, ¿estaría pensando en alegar enfermedad mental para conseguir una reducción de condena?, ¿o quizás finalmente estaba intentando confesar porque no aguantaba el sentimiento de culpa? El perfilador se dio cuenta instintivamente de que ese momento era fundamental.

—¿Por qué te odia Seoeun?

Juyeon se quedó un rato sin responder. Finalmente, pasado un tiempo movió sus labios agrietados:

—Creo que nací para ser el orgullo de mamá y papá. Ellos siempre estaban ocupados presumiendo de mí sin importar lo que hiciera.

—¿Odiabas que tus padres presumieran de ti?

—Hubo algunas veces en las que me gustó, pero la mayor parte del tiempo lo odiaba.

—¿Por qué?

—Tenía miedo de que me descubrieran. Supongo que sabía que yo no era nadie de quien presumir.

Los ojos de Juyeon estaban apagados y sin vida como si hubiera perdido toda su energía. Habló en un hilo de voz como si se dirigiera a su propia alma:

—Tenía que ser buena en todo: los estudios, los deportes, el canto, la pintura... Cualquier cosa.

—¿Te daba miedo decepcionar a tus padres?

Ante esa pregunta la comisura de los labios de Juyeon se alzó. Puede que lo hiciese en un tono burlón o porque se sentía abatida.

—No. Me daba miedo.

—¿Por qué?

—A mi madre se le da muy bien tirar cosas. No importa lo caro o bueno que sea algo, cuando ya no merece la pena presumir sobre ello lo tira a la basura. Pensaba que me ocurriría lo mismo. Si no tenía motivos para presumir sobre mí... podría acabar así. Mi madre también odiaba a Seoeun, ¿sabes? Me preguntaba que cómo podía ser amiga de alguien así y que de qué servía salir con alguien pobre a la que se le daban mal los estudios y de la que no había nada que presumir. Cada vez que mi madre decía eso yo me enfadaba. Seoeun era la única persona de la que no tenía que preocuparme porque me abandonase o me dejase tirada.

—Ah, así que por eso te gustaba Seoeun.

—Pero...

—¿Pero qué?

—Pero ahora que lo pienso no sé si me hice amiga suya porque me gustaba o porque mi madre la odiaba.

—¿Por tu madre?

—A partir de cierto momento mi madre empezó a tenerme miedo, pero a mí me gustaba. De esa forma, sabía que nunca me abandonaría. Cuando hacía algo que no le gustaba a mi madre por extraño que parezca me sentía enfadada, pero al mismo tiempo aliviada.

El perfilador arrugó la frente. Sin embargo, Juyeon continuó murmurando mientras seguía mirando al vacío.

—Sabes, la última vez me preguntaste si me gustaba Seoeun. Me gustaba. No sabría cómo expresarlo, pero… Era algo más intenso que simplemente gustarme. Me gustaba tanto que no quería que me la robara otra persona.

25

El abogado Jang

Un hombre extraño entró. A primera vista no parecía contento. Juyeon sabía por su madre que se trataba del nuevo abogado de oficio que había acudido a regañadientes sólo porque ningún otro había accedido a llevar su caso.

Su madre lloró y se golpeó el pecho mirando a Juyeon. Ni siquiera se le ocurrió preguntar si estaba bien o si estaba sufriendo. Lo que su madre realmente quería decir y la sinceridad de lo que le había dicho mientras se golpeaba el pecho residía en las últimas palabras:

—¿Por qué demonios me estás haciendo esto? Mi vida está arruinada por tu culpa. Di algo.

Normalmente no había sinceridad en nada de lo que decía su madre, pero esas palabras eran auténticas. «Por tu culpa... por tu culpa.»

En el pasado Juyeon se habría enfadado al oír eso, pero ya no se enfadaba. Parecía verdad lo de que la vida de su madre había quedado arruinada por su culpa. ¿No se la había estado arruinando desde que nació? Se preguntó si no sería mejor que no hubiera nacido.

—Oye, chica. Mira, si sigues sin decir nada no hay forma de que pueda ayudarte.

Juyeon no decía nada, aunque al abogado Jang no le importaba. De todas formas, no estaba allí para escucharla. Simplemente estaba haciendo su trabajo.

Como abogado de oficio su trabajo consistía en llevar casos que no quería. Las cosas estaban claras cuando hasta una abogada famosa había renunciado. Era un partido que no podía ganar. El abogado Jang sabía que su trabajo no era demostrar la inocencia de Juyeon, sino conseguirle una ligera reducción de condena. Sin embargo, ni siquiera eso le agradaba. Si era culpable debería ser castigada. Odiaba la delincuencia juvenil. Le disgustaban especialmente los casos de violencia y acoso escolar. Algunos dirán que se trata de chicos que no saben comportarse y que todo el mundo comete algún error cuando es joven. Sin embargo, a ojos de Jang no había excusas. Sabía mejor que nadie que acosar a un chico es acosar a una familia entera, destroza la familia y arruina por completo la vida de la víctima. Durante su tiempo en el oficio, Jang había conocido a todo tipo de personas: borrachos que no recordaban qué habían hecho, gente sin vergüenza que no entendía qué crimen había cometido, los que alegaban ser inocentes desde el principio, otros que decían que todo era una conspiración y algunos que mentían como si no hubiera ocurrido nada.

La pena máxima que podía recibir Juyeon eran diez años. No, como había cometido un crimen grave como el asesinato, cabía la posibilidad de que pasase hasta quince años en la cárcel. Quince años podría parecer un periodo demasiado largo para una chica de diecisiete años, pero él pensaba que era un castigo demasiado pequeño para alguien que había cometido un crimen tan brutal. ¿Protección de menores? Jang lanzó un resoplido. Por supuesto, él lo sabía. Sabía que los menores que viven en las calles porque la opción de permanecer en sus hogares es aún peor a veces cometen crímenes porque están hambrientos y exhaustos, y que hay muchos que podrían cambiar si se les diera un poco de apoyo y ánimos.

Pero ninguna excusa podía justificar la violencia. Además, cuando se trataba de violencia escolar no había lugar para debates en opinión de Jang. Asesinos que cometen actos terribles escudándose en que son menores...

El abogado Jang apretó los dientes de forma involuntaria mientras le venían a la mente recuerdos que preferiría desterrar. Ahora su cara estaba desencajada por el desprecio. Le aterrorizaban esos jóvenes que hacían lo que les daba la gana. Chicos sin miedo que ni siquiera sabían qué habían hecho mal. Exigían perdón de forma incondicional porque eran jóvenes a pesar de ser adultos. Hacía mucho tiempo el abogado Jang había sido acosado por chicos así y llegó incluso a pensar en quitarse la vida. Ninguno de los adultos a su alrededor lo supo hasta que pensó en la muerte. No, quizás lo sabían, pero fingieron no saberlo. Debían pensar tonterías como que así es como crece todo el mundo, que todos sufren hasta cierto punto y al final consiguen superarlo. Pero mientras lo hacían, su joven corazón moría poco a poco.

Y ahora, Jang se había convertido en un abogado que defendía a la culpable de algo así. Quería acabar con eso lo antes posible. Todos los chicos que cometían algún crimen decían lo mismo, que no sabían que terminaría así. Decían que el otro había insultado primero, que estaba enfadado... que no pensaban llegar tan lejos. Pero que mientras lo hacían se enfadaron... que lo hicieron todos juntos...

Todo eran excusas ridículas. ¿No sabían qué ocurriría? ¿Arrastraban a la víctima durante horas y le daban palizas y no sabían qué podría pasar? ¿Las grababan suplicando por sus vidas para subir esos vídeos a las redes y no pensaban llegar tan lejos?

El abogado Jang se reía cada vez que escuchaba una de esas repugnantes excusas. Probablemente nunca imaginaban que podían llegar a ser castigados mientras pisoteaban y arruinaban la vida de alguien riendo como demonios.

En lo referente a Juyeon, el abogado Jang ya sabía lo suficiente. Había visto todos los programas especiales que había producido esa cadena. Juyeon actuaba de forma arrogante a pesar de haber crecido en una familia adinerada y haber sido querida. Había estado acosando a su víctima a placer.

—¿Todavía puedes ver a la víctima?

Juyeon asintió sin contestar. «Pff». El abogado Jang rompió a reír sin darse cuenta. Juyeon estaba seria como si ni siquiera tuviera fuerzas para mentir.

El abogado, que había escuchado que se tenían sospechas de que pudiera padecer una enfermedad mental, tuvo que hacer grandes esfuerzos por no reír. ¿De verdad iban a salir con lo de la enfermedad mental? Hasta eso debía tenerlo planeado.

Sabía que Juyeon había estado insultando y gritando en el juicio. Eso significaba que cuando se enfadaba era incapaz de controlar sus emociones y no sentía ni un ápice de culpabilidad. Era una chica que tenía que salirse siempre con la suya y que sólo confiaba en sus padres y hacía lo que le venía en gana sin saber que el mundo es un lugar aterrador. El abogado Jang lo sabía bien. Sabía lo inteligentes y terribles que podían ser los chicos así. ¿Debería defenderla? ¿No debería pagar por sus errores? Si la defendía y reducían su condena, ¿no estaría cometiendo una injusticia hacia la familia de la víctima? Cada vez que se encontraba en momentos como ése realmente quería dejar su trabajo. Quería decirle que su padre rico la había abandonado, que los abogados famosos habían huido y que nadie quería defenderla. También que él tampoco quería, pero que no había tenido elección como abogado de oficio y que de hecho a la gente como ella era a la que más despreciaba; pero decidió atajar el asunto de una manera mucho más sucinta y brusca:

—Supongo que no piensas decir nada, así que creo que no queda nada que pueda hacer.

Juyeon lanzó un profundo suspiro. Mirando a sus ojos temblorosos y sin saber qué hacer el abogado Jang comenzó a ponerse nervioso.

—Si no tienes nada que decir será mejor que terminemos aquí…

—Creo que lo que la gente dice es verdad.

—¿El qué?

—Aquel día… Realmente quise matar a Seoeun.

26

El dueño de la tienda que hay frente a la academia

Ay, no seas ridículo. ¿Cuántas veces habrán venido? Todo este barrio está lleno de academias. Los estudiantes vienen a lo largo de sus estudios de secundaria y bachillerato. Así que, si no me equivoco, debo haberlas visto durante tres o cuatro años.

Bueno, no llamaban especialmente la atención, pero un día las dos empezaron a salir juntas. Recuerdo bien que no parecían amigas para nada.

La chica del pelo corto siempre esperaba a la del pelo largo enfrente de nuestra tienda. Media hora era habitual, pero hubo muchas veces que estuvo esperando durante más de una hora. Un día, hacía tanto frío afuera que le pregunté. Me dijo que estaba esperando a una amiga. ¿Es que las chicas hoy día esperan una hora a sus amigas? Si preguntase a otros chicos, ¿habría más como ella? Normalmente vienen justo cuando sus amigos terminan la academia. Por eso le pregunté por qué había venido tan pronto y simplemente me sonrió. Le dije que entrase y esperase adentro. A partir de ese momento solía fijarme en ellas cuando las veía juntas.

Cuando salía la chica del pelo largo se marchaban juntas. A veces entraban a mi tienda a comerse unos fideos instantáneos o un *kimbap*, pero resultaba muy molesto. ¿Por qué? Pues porque la del pelo largo se interponía todo el tiempo. Daba igual lo que la otra escogiera, siempre tenía que terminar comiendo lo que elegía ella. Como la del pelo largo siempre pagaba la cuenta al principio pensé que quizás era simplemente porque la que pagaba elegía la comida.

¿Cuándo fue?... Una vez la chica del pelo corto pagó la cuenta. No recuerdo si comieron fideos o helado. En cualquier caso, cuando iba a pagar sacó varios billetes de mil y monedas sueltas. Y puf, la del pelo largo se puso hecha una loca. A partir de ese momento me di cuenta de qué pasaba. Hablando claro, ¿acaso un billete de mil o una moneda de cien no siguen siendo dinero? Pero la chica del pelo largo los miró como si fueran basura, ¿sabes?

Hoy en día se habla mucho de violencia escolar y todo eso en la tele. Me preocupaba tanto que solía vigilarlas con atención cuando las veía. Luego, cuando me di cuenta de que eso no iba a servir de gran cosa hablé con el profesor de la academia a la que solía ir la chica del pelo largo. Me dijo que yo debía estar equivocado.

Puf, cada vez que pienso en esas dos siento un nudo en la garganta que no puedo digerir. ¿Quién iba a imaginar que las cosas terminarían así? Simplemente lo siento mucho por la víctima.

27

Juyeon

Juyeon estaba mirando a la pared. Su padre lanzó un suspiro en su dirección, se había pasado toda la hora de visita con la mirada perdida. Parecía que sólo esperaba a que el tiempo pasara rápido. Era como si su padre no quisiera tener que verle la cara a Juyeon y como si hubiera ido únicamente porque lo consideraba otra de sus obligaciones que cumplir.

—¿Qué carajo has estado haciendo todo este tiempo?, ¿cómo puedes haber actuado tan mal como para dar lugar a todos esos rumores?

Su padre le gritó frustrado, pero Juyeon ni siquiera entendía de qué estaba hablando.

—No pienso dejarlo pasar cuando todo esto termine. Voy a denunciarlos a todos y a hacer que los encierren por difamación.

Juyeon estaba de pie frente a su furioso padre con la cabeza gacha mientras jugueteaba con sus dedos justo como hacía siempre que le echaban una reprimenda y también justo al igual que hacía cuando estaba nerviosa y sentía ansiedad.

—No te preocupes. ¿Cómo he llegado hasta aquí? No pienso dejar que me destruyan así como así. Haré todo lo que sea necesario.

El profundo suspiro de su padre penetró los oídos, la cabeza y el pecho de Juyeon. Cuando se marchó, tras ese suspiro volvió a quedarse sola de nuevo.

Juyeon se sentó en el lugar más apartado de la estancia y enterró su cara en las rodillas. Después, buscó a Seoeun por costumbre. Sin embargo, no la vio por ninguna parte. Cada vez que su padre le dedicaba una mirada desagradable o lanzaba un suspiro de decepción, ella encontraba consuelo en Seoeun.

«¿Dónde estás, Seoeun? Por favor, ven a consolarme. Dime que las cosas saldrán bien. Que todo estará bien. Por favor…»

Los ojos de Juyeon se llenaron de lágrimas mientras buscaba a Seoeun. En ese momento, su expresión se tornó de una extrema frialdad. Los ojos que habían estado buscando a su amiga perdida ahora estaban llenos de resentimiento.

«Esto es todo por tu culpa, Park Seoeun. Si no hubieras muerto nada de esto habría ocurrido nunca.» Le gustaría viajar en el tiempo y regresar al día en que se encontró con Seoeun en aquel descampado de detrás del instituto.

—Lo siento, Juyeon. Es culpa mía

—¿Qué es lo que has hecho?

Al principio no tenía pensado enfadarse. Quiso disculparse por lloriquear como una niña y decirle que no decía en serio lo de elegir entre su novio y ella. Sólo quería que las cosas volvieran a ser como antes. Tenía pensado decirle eso, pero en el momento en que Seoeun se disculpó se enfureció hasta la médula.

—Haré lo que me pidas. No seas así. Quiero seguir siendo tu amiga.

Seoeun estaba a punto de llorar. Se mordía el labio y parecía indefensa mientras suplicaba perdón y le decía que haría cualquier cosa. A Juyeon esas palabras le sonaban como si prometiera hacer cualquier cosa excepto no volver a dejarla sola.

—¿Vas a hacer lo que te pida? Entonces rompe con ese cabrón.

—Juyeon, ¿por qué no dejas de...?

—¿No puedes romper con él?

Se le puso la cara roja de furia, celos y orgullo. No podía entender cómo era capaz de abandonarla por un novio que había conocido tan sólo hacía unos meses. Era una persona con la que se lo pasaba bien y en la que siempre pensaba cuando estaba contenta o triste. Para Juyeon, Seoeun era ese tipo de persona, pero ¿qué era ella para Seoeun? Se sentía como si Seoeun estuviera dándole la espalda y ofreciéndole sólo una mano, como si en cualquier momento fuese a estrecharle esa mano y despedirse para siempre.

—¿Dices que harías cualquier cosa que te pida para seguir siendo amigas?, ¿por qué?, ¿es que todavía quedan muchas cosas que quieres sacarme?

—Juyeon, eso no es verdad.

—Antes dijiste que harías cualquier cosa, ¿no? Entonces muérete.

—Oye, Juyeon.

—¿Qué pasa? Has dicho que harías cualquier cosa. ¿Por qué siempre tienes que mentir? Todo lo que me has dicho hasta ahora es mentira ¿no? Seguro que hasta me odias, ¿no?

—Pff.

En lugar de contestar, Seoeun dejó escapar un suspiro. Juyeon sintió que se le encogía el corazón. Ese suspiro hizo que se sintiera destrozada por dentro y creyó que Seoeun se marcharía en cualquier momento. Se sentía como si ya no fuera útil para ella y no era capaz de soportar esa sensación. Justo en ese momento, Juyeon vio un ladrillo. Ya estaba fuera de sí.

—¿No te puedes morir? Entonces te mataré yo.

28

Un profesor de la academia de cuando estaban en secundaria

¿Cómo iba a olvidarme de lo que pasó aquel día? No creo que pueda olvidarlo en la vida. ¿Podría tomarme un vaso de agua y hablar despacio?

Juyeon era una estudiante bastante popular en el ámbito de la academia. Era buena en los estudios, agradable y perfecta. Realmente yo lo creía, pero un día vino el dueño de la tienda de enfrente de la academia y me contó algo extraño acerca de ella. Dijo que Juyeon parecía estar acosando a otra chica. Al principio, pensé que no podía ser verdad y que debía haberla confundido con otra estudiante. Definitivamente, la Juyeon que yo conocía no era ese tipo de persona. Aunque no me lo creí, después de escuchar eso presté un poco más de atención de forma inconsciente. Mientras la observaba noté que algo no encajaba. Cuando estábamos con ella parecía realmente simpática, pero su reputación entre el resto de los chicos no era muy buena. Todos eran muy jóvenes, así que es comprensible. Las relaciones de amistad pueden ser diferentes de lo que pensamos. Pero Juyeon era un poco... ¿cómo decirlo? Creo que el resto le tenía miedo. Me dio la impresión de que tenía esa cara oculta. Luego ocurrió aquello.

En la academia había un sistema de becas. Daban becas especiales a estudiantes con buenas notas, pero al final era solamente una estrategia publicitaria. Si se reparten becas, ¿no vendrán los mejores estudiantes a nuestra academia? Y si se matriculan muchos estudiantes buenos se corre la voz. Juyeon y Seojin tenían exactamente las mismas notas. En casos así, la beca se divide a la mitad.

Sin embargo, la familia de Seojin estaba en una situación un poco difícil. Para Juyeon el dinero de la beca era una minucia, pero Seojin tendría que renunciar a la academia de inmediato si recibía sólo la mitad, así que estaba un poco preocupado. Quería pagar la parte que faltaba de la beca con mi propio dinero, pero como profesor asalariado en la academia también necesito mantener a mi familia, así que no era una decisión fácil. Por eso pensé en pedirle un favor a Juyeon.

Le conté la verdad de forma directa y con franqueza. Le dije que la familia de Seojin estaba atravesando dificultades y le pregunté si podía hacer una excepción sólo esa vez. Le aseguré que, a cambio, informaría de sus excelentes notas igualmente. Ella lo rechazó de lleno. Me preguntó que por qué tendría que hacer algo así. Honestamente, me sorprendí un poco. Creí que al menos se lo pensaría, pero ¿qué podía hacer? En principio, si se negaba no había nada más que pudiera hacer. Así que le dije que lo comprendía y nos despedimos. Pero esta chica... no sé...

En cuanto terminamos de hablar se fue directa a Seojin y se puso hecha una furia. Le preguntó que cómo pretendía ir a la academia siendo una pordiosera y parecía haber perdido la cabeza por completo. Seojin no tenía ni idea del favor que yo le había pedido, pero se fue delante de todos sus amigos a llamarla muerta de hambre y a preguntarle si estaba orgullosa de ser pobre, así que no pude quedarme de brazos cruzados.

La llamé de inmediato y me la llevé a la sala de tutorías. Le eché una reprimenda preguntando qué se supone que estaba haciendo. Todavía recuerdo sus ojos con claridad. Me miraba como si sintiera algún tipo de resentimiento hacia mí. Entonces me preguntó si acaso había dicho alguna mentira. Yo también me enfadé y le dije un par de cosas. Le pregunté que de dónde había sacado esos comportamientos y le dije que no era la chica que yo conocía. Estaba tan enfadado que le conté lo que me había dicho el dueño de la tienda, le dije que otras personas sabían que acosaba a sus amigas y que yo me había enterado. Entonces me replicó: «¿Te crees que me voy a quedar de brazos cruzados?». Sí, en un ataque de ira le toqué en el hombro y le dije que hiciese lo que le diera la gana. Entonces se le saltaron las lágrimas de repente y se marchó corriendo.

Ya sabéis lo que pasó después de eso. Desde el director a los estudiantes, todos me vieron como a un acosador sexual. Toda esa historia de que le había tocado los pechos. Tengo una hija en la escuela primaria, no soy ninguna basura capaz de algo así...

Me vi forzado a renunciar en la academia y después de eso no pude encontrar trabajo en ninguna otra. Mi trauma era tan grave que tenía alucinaciones auditivas sólo con ver a otras estudiantes. Ni siquiera ahora puedo dormir más de tres horas al día porque sigo teniendo pesadillas cada vez que duermo.

¿Contar la verdad? No la he dicho cien, sino un millón de veces. Yo no fui, pero nadie me creyó. Entonces me di cuenta de algo. El mundo no escucha la verdad. La gente sólo escucha lo que quiere escuchar. He oído qué le pasó a Juyeon. Bueno, yo no sé nada sobre el tema, así que no tengo nada que aportar. Sin embargo, sí que hay algo que me gustaría deciros: no creáis nada de lo que os diga. Da miedo... Es una chica aterradora de verdad.

29

El abogado Jang

—¿Es que no piensas decir nada? —preguntó el abogado Jang como si no pudiera aguantar más mientras echaba un vistazo a los documentos del caso—. No decir nada no te ayudará en absoluto. No soy policía. Tienes que darme algo para que pueda pensar cómo defenderte.

Durante su última visita Juyeon había confesado que quiso matar a Seoeun y después de eso no había vuelto a abrir la boca. Ahora se había quedado en silencio justo como la vez anterior, al contrario de lo esperado por Jang, que creía que esa vez le contaría algo.

—¿Sabes cuánta gente hay sufriendo por tu culpa? La madre de Seoeun ni siquiera puede comer y lo único que hace es visitar el instituto cada día. ¿Y la policía? No malgastemos energías, reconozcamos lo que hay que reconocer y terminemos con esto lo antes posible.

—¿Qué va a ocurrir?

Por supuesto. El abogado Jang se sintió abatido. No había esperado remordimientos, pero como mínimo tenía la esperanza de que hubiera cierto reconocimiento por su parte de qué había obrado mal, de la magnitud de sus acciones o de que había cometido un acto al que ningún ser humano debería llegar jamás. Sin embargo, a Juyeon sólo le preocupaba su propio futuro, al igual que ocurre con la mayoría de los criminales.

—Eso depende de ti. Depende de cuánto reflexiones...

—No hablaba de mí. Me refería a la madre de Seoeun.

—¿Qué?

—Me pregunto qué pasará con ella... Debe estar atravesando un momento muy difícil...

Los labios de Juyeon temblaron.

El abogado Jang se sintió incómodo al oírla mencionar a la madre de la víctima. ¿Se preguntaba qué iba a pasar con ella? Los padres que pierden a sus hijos deben sentirse como si el cielo les cayera encima y todo el cuerpo se les desgarrase. Debe ser como vivir dentro de una horrible pesadilla día tras día.

—Si dijera que fui yo podría dejar de ir al instituto, ¿no? Si dijera que fui yo...

La voz de Juyeon se fue volviendo más y más baja.

—Todos dicen que la maté.

Jang frunció el ceño. Durante su labor como abogado había visto infinitos casos como ése. Era común que los clientes negasen el crimen un día y admitieran su culpa al siguiente. Cuando cambiaban su versión todo el tiempo de esa manera no importaba cuánto intentaran defenderse porque siempre terminaban cayendo en contradicciones.

—Déjate de ambigüedades y habla claro, ¿estás reconociendo tu culpabilidad?

—La gente tiene razón.

—¿Qué quieres decir?

—Yo acosaba a Seoeun. No lo hacía a propósito, pero... supongo que ella debió pasarlo mal.

Aquello era inesperado. Juyeon había estado negándolo todo y ahora le hablaba como si reconociera sus errores.

—Entonces, ¿estás admitiendo que eres culpable?

Ante sus insistentes preguntas Juyeon bajó la cabeza y se encogió de hombros como suelen hacer la mayoría de los criminales. Y entonces, en un hilo de voz que parecía estar intentando reprimir algo dijo:

—El resto de la gente… todos… dicen que fui yo.

—…

El abogado Jang se fijó en sus manos. Las tenía aferradas al dobladillo de su ropa y le temblaban violentamente. Al verlas tuvo que superar una extraña sensación. Fue como una voz que venía de lo más profundo de su interior y que sintió como un terremoto, un tifón o un rayo.

—Te acabo de preguntar. ¿Estás diciendo que lo hiciste tú o no?

—De todas formas…

—¿Qué?

—De todas formas no me creerías… —murmuró Juyeon.

Sus hombros seguían encogidos y su voz sonaba débil. Su par de ojos parpadeaban rápido y vagaban sin rumbo hasta que se concentraron en los del abogado Jang durante un momento fugaz. Eran ojos llenos de resentimiento y ansiedad como si ya supieran que nadie iba a creerles, pero no eran como los de los acosadores perversos que lo habían atormentado durante su etapa escolar. Sólo eran los ojos aterrados de una joven.

30

La madre de un estudiante

¿Quién os ha dado permiso? Entiendo la postura de la emisora, pero como adultos ¿no habéis pensado en cómo esto puede afectar a los chicos?, ¿no os imagináis lo traumatizados que deben estar?, ¿de verdad es necesario revolver las cosas así para que estéis satisfechos? Es prácticamente como si estuvierais echando sal a la herida. ¿De verdad tenéis que hacer esto a chicos sensibles que están estudiando mucho?, ¿no basta con encubrirlo y fingir que nunca ha ocurrido?

¿Se responsabilizará la emisora si mi chico no consigue entrar en la universidad? Por supuesto que no. Sus vidas dependen de esto, así que no entiendo por qué estáis constantemente echando leña al fuego. Con la madre de Seoeun es lo mismo. ¿Cómo puede ir todos los días al instituto? La emisora, la madre de la chica... todos causando problemas.

Por supuesto que lo sé. ¿Cómo no iba a saberlo? La madre de Seoeun va por ahí abordando a los chicos para preguntar si saben algo y pedir ayuda. Un día mi chico se puso rojo al hablar sobre el asunto y sentí que me hervía la sangre. Mi hijo no puede estudiar por culpa de eso y necesita hacerlo.

¿Por qué otra razón habría ido yo al despacho del director? Sí, llamé a unas cuantas madres y me presenté allí con ellas. ¿No es obvio?

Esto es un instituto, un instituto. Los chicos tienen que estudiar en el instituto. ¿Cómo van a concentrarse con todo este escándalo?

Oh, Dios. Mira lo que me dice ahora. Pues claro, ¿quién no sentiría lástima por una chica muerta? Claro que también me da pena, pero ella sigue estando muerta y nuestro hijo tiene que seguir con su vida. ¿Qué ocurriría si le queda un trauma y suspende el examen de acceso a la universidad? Ya está teniendo muchos problemas para concentrarse en los estudios con todo este asunto. Tiene una conmoción mental tan intensa que no puede conciliar el sueño. No puede dormir.

Es realmente divertido. ¡Ah, claro! A pesar de todo, vayamos a incordiar a los chicos otra vez con otra entrevista o alguna tontería por el estilo. Ya os enteraréis si creéis que me voy a quedar de brazos cruzados.

31

El abogado Jang

El abogado suspiró. ¿Por qué se sentía tan intranquilo? ¿Qué le pasaba? Todo había terminado. Juyeon había confesado, así que no había ningún problema.

—Ese día... realmente quise matar a Seoeun.

Las palabras de Juyeon fueron casi como una confesión, así que todo terminaría en breve, pero el abogado Jang no podía dejar de pensar en ella.

¿Estaría actuando para impulsar la idea de que sufría una enfermedad mental? Sí, puede que todo fuera una actuación. Bastaba con ver el programa que emitieron para darse cuenta de todas las historias en las que Juyeon engañaba a otros en su propio beneficio.

Una persona egoísta que utiliza y exprime a sus amigos, una psicópata incapaz de controlar su ira...

Todos los que salían en el programa decían lo mismo, que Juyeon daba miedo. Lo decían en un tono que sugería que sería capaz de matar a una amiga.

«Si dijera que fui yo podría dejar de ir al instituto, ¿no? Si dijera que fui yo...»

El abogado Jang rumió las palabras de Juyeon. Si estuviera actuando ¿por qué diría algo así? Se mordió el pulgar izquierdo de forma inconsciente. Tenía que revisar el caso de nuevo con minuciosidad.

Las huellas de Juyeon estaban claramente impresas en el ladrillo que acabó con la vida de la víctima. Era un hecho más allá de toda duda. Sin embargo, el ladrillo se había roto en pedazos al punto de que resultaba difícil de creer que Juyeon lo hubiera usado como arma por más vueltas que se le diera. ¿Cómo podía romperse de esa forma como si se tratase del atrezo de una película? ¿Acaso podía una estudiante escuálida de instituto golpear con esa fuerza de la que ni siquiera un adulto robusto era capaz? Jang se recostó en la silla perdido en sus pensamientos.

¿Y si había golpeado con el ladrillo muchas veces hasta hacerlo pedazos? ¿Sería posible? No, porque si lo hubiera hecho habría marcas visibles en el cuerpo de la víctima. Sin embargo, los resultados de la autopsia y las opiniones de los doctores apuntaban de forma unánime a que había sido un único impacto fuerte.

«De todas formas no me creerías...»

La voz de Juyeon resonaba en sus oídos y se negaba a abandonarlos. Quizás Juyeon lo hubiera sentido desde el primer momento en que se vieron. Puede que supiera que no confiaba en ella. ¿Había actuado de forma tan pobre que hasta su cliente se había dado cuenta de sus verdaderos pensamientos?

La mirada de Juyeon parecía capaz de atravesarlo. ¿Cómo habían sido las de esos monstruos que habían atormentado a Jang durante su época estudiantil? No había podido olvidar sus ojos ni por un instante. Aquellos monstruos implacables y terribles habían seguido persiguiéndole esos quince años. ¿Sería por eso? ¿Sería ése el motivo por el que ya había etiquetado a Juyeon como perpetradora y culpable de ese caso sin resolver? ¿Cuándo había empezado a decidir quién era inocente o culpable como abogado? ¿No se supone que los abogados debían creer en sus clientes? Jang se preguntó si estaba listo para creer lo que decía Juyeon, pero no pudo encontrar una respuesta.

«De todas formas no me creerías...»

Juyeon tenía razón. El abogado Jang no creería nada de lo que dijera.

«El resto de la gente... todos... dicen que fui yo.»

Su voz seguía viniéndole a la mente, esa voz que parecía haberse dado por vencida con todo.

«Dicen que fui yo.»

Exacto. Sus palabras no habían sido un «fui yo», sino un «dicen que fui yo». No eran sus propias palabras, sino las de otros. Jang cerró los ojos con fuerza. Se dio cuenta de que había estado atormentándose a sí mismo constantemente desde que había regresado del encuentro con Juyeon.

Pensó que cabía la posibilidad de que la culpable real no fuera ella.

32

El conserje del instituto

Oh, no. ¿Habéis vuelto para otra entrevista? ¿Cuántas veces tengo que decíroslo? ¿Cuántas veces? Ya os pedí que dejaseis de venir por aquí haciendo preguntas... ¿Eh? ¿Un abogado?, ¿qué hace un abogado aquí? No tengo ni idea. Sólo porque trabaje aquí no significa que conozca a todos los estudiantes, ¿sabéis? Bueno, supongo que la policía averiguará quién tiene razón y quién no, yo no sé nada. Espera un momento, ¿de quién dices que es abogado?, ¿de Juyeon?

¿Ella está bien? Debe ser realmente duro estar en un lugar así siendo tan joven. Oh, esa estudiante no es la típica que terminaría en un sitio como ése, eso os lo aseguro.

Sí, claro que me acuerdo de ellas. Siempre saludaban bien sin falta. Siempre iban las dos juntas y eran amables y simpáticas. No puedo creer que algo así les haya pasado ni quiero creerlo.

Bueno, no son tan malvadas como las pintan los medios de comunicación. Los que dicen cosas así son gente que no tiene ni idea.

Eran muy amables. A veces me compraban alguna bebida y me agradecían por mi trabajo. ¿En dónde encuentra uno chicas así de consideradas? Y aun así están diciendo todo tipo de cosas sobre ellas.

A eso me refiero. No entiendo qué pasó. ¿Cómo pudo ocurrir algo tan terrible? ¿El escenario del crimen? No sé si hay algo a lo que se le pueda llamar así. Sólo es un descampado que hay detrás del instituto. Solía ser un incinerador, pero ahora simplemente está vacío.

¿Eh?, ¿queréis ir a verlo?, ¿de verdad es necesario? La policía ya estuvo un montón de veces y seguramente no quede nada que ver. Bueno, si insistís… seguidme, por aquí.

Sí, es justo aquí. Teniendo en cuenta lo que ocurrió, ¿os podéis imaginar lo alterados que están los estudiantes? Por eso hemos colocado esas tiendas para que no se vea.

Lo que todavía me oprime el pecho es que no me enterase de aquello. Si os fijáis ahí donde están los postes de la tienda se ve un porche para proteger de la lluvia. Así que, es difícil ver fácilmente desde el interior del edificio a no ser que uno lo haga con intención. De eso no hay duda, pero… ¿Cómo pude no darme cuenta cuando doy varias vueltas al día al instituto? Siento lástima por la víctima que falleció y pasó la noche ahí sola y por los estudiantes… Desearía haber sido el primero en encontrarla, pero los estudiantes lo hicieron… Hace que se me encoja el corazón varias veces a lo largo del día y me resulta difícil de soportar.

No lo sé. No sé quién fue exactamente el primero que la encontró. La policía también lo preguntó varias veces y después simplemente lo dejaron estar. Bueno, todos los pasillos tienen ventanas y hay un montón de estudiantes. Cuando me enteré parecía que todos la habían encontrado al mismo tiempo o a lo mejor una persona lo hizo y gritó… Todos estaban muy afectados.

Eso es cierto. Ya que sacamos el tema, ¿no es de sentido común que haya gente con el corazón roto porque una compañera ha terminado así? Los periodistas vienen casi todos los días preguntando todo tipo de cosas. ¿Es que no hay ningún respeto por la víctima? ¿A nadie le preocupa lo conmocionados que están los estudiantes y su luto? Simplemente toman cualquier mínima información y la explotan al máximo escribiendo artículos exagerados sobre ella.

No os imagináis todo lo que se habla estos días por el barrio. Se dice de todo: que si la chica era una acosadora, que si la otra una esclava, etcétera. Cuando los escucho no doy crédito, pero luego los periodistas vienen y se ponen a escribir sobre todo eso. No tengo palabras.

Por supuesto, si alguien ha cometido un crimen debe ser castigado, pero ¿por qué tienen que decidir los estudiantes y no la policía o los jueces si esa chica es culpable?

No puedo dormir cada vez que pienso en la fallecida. Ver a su madre por aquí me rompe el corazón. Es algo que te parte el alma. ¿Cuánto debe doler perder a una hija como para venir hasta el instituto todos los días? Yo también me gano el salario en este trabajo, así que no me queda otra opción que pedirle que se marche, pero ¿creéis que me resulta agradable? Una vez estaba lloviendo y había venido sin paraguas, así que le ofrecí una taza de café. Estaba tan consumida que apenas bebió. No sé... ¿cómo de insoportable debe ser para unos padres perder a un hijo?

Sólo sigue viva porque no puede morir.

33

El abogado Jang

Ya habían pasado veinte minutos sin que ninguno de los dos dijera nada. Sin embargo, la mirada de Jang mientras observaba a Juyeon era diferente de antes. Después de visitar la escena del crimen y hablar con el conserje, había empezado a inclinarse hacia la posibilidad de que quizás fuese inocente.

—Cuéntamelo. Dime cuál es la verdad.

—...

—Sí, reconozco que tienes razón. Nunca tuve ninguna intención de creerte desde el principio. Pensé que habías obrado mal y que tenías que ser castigada.

—...

—Pero ahora creo que me equivoqué. Cuéntamelo todo. Necesito saber la verdad.

A Juyeon le temblaban los hombros. El abogado la miró y dijo:

—Yo te creo.

Fue sólo un momento. Los hombros de Juyeon temblaban y las lágrimas brotaron de su rostro contraído. Su nariz se puso roja mientras lloraba como una niña que ha perdido a su madre. Todo había sido por esas simples palabras «yo te creo». Juyeon sollozó sin control durante un buen rato mientras el abogado la observaba sin decir nada. El profundo silencio sólo era roto por su llanto desgarrador.

¿Cuánto tiempo habría pasado? Juyeon se mordió el labio y comenzó a hablar:

—No sé... qué debería decir.

—Simplemente cuéntame lo que ocurrió exactamente aquel día.

—Es que... no lo recuerdo bien.

—Podrías contarme sólo lo que recuerdes.

—Aquel día... de verdad sentí tanto odio que quise matar a Seoeun.

—¿Por qué?

—Pensaba que ella... iba a dejarme.

Juyeon bajó la cabeza mientras jugueteaba con sus dedos.

—Seoeun se echó un novio y a partir de ahí me puse celosa. Yo no tenía a nadie más que a ella, pero para Seoeun era diferente.

—Entones ¿querías matar a su novio?

Juyeon asintió en lugar de responder.

—Estaba furiosa. Creía que me iba a volver loca. En ese momento vi el ladrillo.

—¿Y qué pasó?

—Lo agarré furiosa, pero Seoeun no desvió la mirada. Tampoco se disculpó ni me pidió que parase. Solamente se quedó mirándome de esta forma.

Juyeon lo miró y el abogado Jang sintió como si esos ojos negros estuvieran perforando sus propias pupilas.

—Seoeun me dijo algo y me asusté mucho.

—¿Estabas asustada?

—Sí. Fue la primera vez que tuve miedo de ella.

—¿Qué te dijo?

—No lo recuerdo bien... Me dijo que lo sentía. Que la perdonase.

Antes de que Juyeon terminarse de hablar el abogado frunció el ceño. ¿Le dio miedo que le pidiera perdón? No era fácil de entender. ¿Le pedía perdón a su amiga que la amenazaba con un ladrillo y ella se asustaba por esas palabras? No tenía ningún sentido.

—¿Y qué más?

—Eso fue todo. No se parecía en nada a la Seoeun que yo conocía... Me fui corriendo. No recuerdo cómo llegué a casa ni con quién me encontré, pero... si hubiese matado a Seoeun sería imposible que no me acordase.

—Entonces ¿lo que estás diciendo es que agarraste ese ladrillo pero no la golpeaste?

No había ni rastro de mentira en el rostro de Juyeon mientras asentía. Si se había separado de Seoeun tal como afirmaba, ¿quién demonios habría podido matarla? Resultaba extraño. Era algo muy difícil de creer para cualquiera, pero el abogado Jang quería creer a Juyeon.

34

El subdirector

Oh, gracias por venir hasta aquí. Por favor, siéntense por aquí. Les pedí que vinieran porque tengo algo urgente que contar sobre el suceso.

Han pasado treinta años desde que empecé a dar clase. Cuando vuelvo la vista atrás han ocurrido un montón de cosas durante ese tiempo. Ahora que lo pienso, hay muchas cosas de las que me arrepiento hasta el punto de cuestionarme por qué actué de esa forma. En otros tiempos golpeaba a estudiantes así de jóvenes en cualquier parte del cuerpo con crueldad. Saben a qué me refiero ¿no? En aquella época no se protegían los derechos de los estudiantes.

La gente resulta aterradora. Si golpease a uno de los estudiantes ahora ni los profesores ni el resto de los estudiantes a mi alrededor se quedarían de brazos cruzados. ¿Saben por qué eso que se podía hacer entonces no es posible ahora? En aquella época éramos muy ignorantes. No teníamos ni idea. Todo el mundo era estricto con el castigo físico, así que nos parecía aceptable comportarnos así.

¿Saben la facilidad con la que se deja arrastrar la gente por su entorno? Lo mismo ocurre con todo lo relacionado con este caso. No era profesor de ese curso ni tampoco entraba en sus clases, así que no las conocía muy bien. Sin embargo, eso no quiere decir que no me duela.

Es como si tuviera una espina atascada justo aquí en la garganta que me duele y molesta sin cesar. Las dos eran estudiantes de nuestro instituto, ¿no fueron chicas que una vez sonrieron sin preocupaciones? Sólo pensar en ello me pone enfermo. ¿Cómo no podría afectarme después de haber sido profesor tantos años?

¿Creen que lo digo sólo por dar lástima? En este momento las miradas de todo el mundo están concentradas en nuestro instituto y si emiten programas así nos ponen en una situación muy difícil. El juicio aún no ha terminado, así que su programa es demasiado sensacionalista.

A eso es justo a lo que me refiero. Poco importa cuáles fueran las intenciones detrás, el hecho es que en el programa parecía que la pobre Seoeun era un ángel y una víctima y que la rica Juyeon era el demonio y verdugo.

Sinceramente, me sorprendí mucho cuando vi el último episodio. ¿Es la pobreza intrínsecamente buena y la riqueza mala? ¿Son los muertos buenos y los vivos malos? Si ese es el caso todos nosotros somos malos. ¿No vivimos todos?

¿Me pide que no desvirtúe la esencia del asunto? Sí, eso es justo a lo que me refiero: la esencia. ¿Por qué están utilizando los medios de comunicación para desvirtuar la esencia, señor periodista?

Las dos son estudiantes valiosas para mí. Es muy desafortunado y me da lástima por la chica que murió, pero ¿le hará sentir mejor destruir a la que sigue con vida también?

¿De verdad piensa que lo que dice su programa es cierto?, ¿lo hizo por la estudiante que murió de forma desafortunada? No ha sido sólo una vez, sino que llevan emitiéndolos durante semanas con la etiqueta de «programas especiales». Como parte de la audiencia que estuvo siguiéndolo me sentí como si estuviera hablando de un monstruo y no de una joven estudiante. Y eso no es todo. Después de los programas empezaron a circular todo tipo de rumores maliciosos sobre Seoeun. Cosas que ni me atrevo a pronunciar. Lo sé, yo no soy quién para decir si esos rumores son ciertos o falsos. Ambas estudiantes son valiosas para nosotros, al igual que lo son el resto de los estudiantes que siguen aquí.

No puedo evitar preguntarme en qué demonios están pensando y cuáles son sus intenciones cuando visitan a chicos que ya sufren por el trauma psicológico. Desde que usted visita el instituto y emite programas con rumores ridículos el instituto se ha llenado de periodistas pugnando por conseguir aunque sea otro rumor amarillista.

No, la verdad la tendrán que juzgar la policía y los jueces. ¿Por qué intenta hacerlo a través de su canal de televisión? Eso también deja una profunda herida en los chicos. Si vienen aquí a hacer preguntas, ¿acaso no están forzándolos a evocar recuerdos dolorosos? Además, esto es un instituto. Todos están estudiando al máximo para los exámenes de acceso a la universidad. ¿Cómo pueden prepararse los alumnos de bachillerato en este ambiente caótico? Lo mismo ocurre con los de los cursos anteriores. Estos días, debido al sistema escolar, no solamente deben preocuparse por los exámenes de acceso los de último año, sino también los de otros cursos. Los chicos necesitan cerrar sus heridas, pero con adultos viniendo aquí cada día a hurgar en ellas, ¿cómo van a olvidar? Ya es un dolor de cabeza tener a la madre de Seoeun viniendo cada día, así que me gustaría saber cuánto tiempo tienen pensado seguir actuando así.

35

La madre de Seoeun

«Lo siento.»

Su hija ya no estaba para aceptar esas disculpas, pero la madre de Seoeun se disculpaba todas las mañanas al abrir los ojos. Desde que su hija se fue no había podido dormir bien un solo día. Estaba convencida de que la culpaba por lo ocurrido.

La madre de Seoeun le pedía perdón por todo. Lamentaba haber sido una madre incompetente y haberla hecho nacer en una familia pobre. Sentía haberla perdido sin poderle comprar ropa bonita o comida deliciosa.

Le dolía el corazón sólo de pensar en Seoeun. Hasta el día antes de su muerte había ido a buscarla al trabajo después de terminar el suyo en la tienda. Debía de ser una vergüenza para ella que su madre trabajase en un restaurante de carne a la brasa, pero nunca lo dejó ver.

—Mamá, hueles rico.

—¿Eh?

—¡Hueles a barbacoa!

Su hija solía sonreír de esa forma tan radiante. Era el tipo de hija que le decía que pensaba comprar carne del restaurante donde su madre trabajaba con el dinero que había ganado en su trabajo a tiempo parcial.

La razón por la que la madre de Seoeun, que trabajaba en un supermercado, se había cambiado al restaurante fueron los 2000 wones de diferencia. En el restaurante le pagaban 2000 wones más por hora, así que se puso a trabajar hasta tarde en la noche, a pesar de que sabía que Seoeun odiaba estar sola en casa. Limpiar las parrillas y recoger los restos de comida la dejaba con dolor de espalda y los hombros molidos, pero nunca se negó porque por su hija podría hacer incluso trabajos más duros sin dudar.

La primera vez que vio a Juyeon se sintió muy agradecida. Sabía que había sido una fuente de energía al permanecer junto a su hija durante mucho tiempo.

—Así que tú eres Juyeon. Gracias por ser tan amable con Seoeun. Toma, compraros algo de *tteokboki* después.

Juyeon frunció el ceño al recibir el billete de 10.0000 wones que le extendió.

—Agh, qué peste a carne.

Lo murmuró muy por lo bajo, pero la madre de Seoeun lo escuchó con claridad. Quiso pensar que había oído mal o que lo había dicho sin mala intención e intentó no tomárselo de forma personal. Después de todo, era la mejor amiga de su hija.

—Mamá, Juyeon tiene un montón de dinero. No hace falta que nos des.

Esa noche, cuando Seoeun le devolvió los 10.000 wones, se sintió miserable al darse cuenta de que eran los mismos que le había dado a Juyeon y comprender que le había repugnado tanto sostener ese billete que olía a carne que, en vez de metérselo en el bolsillo, se lo había devuelto a Seoeun. Sin embargo, no pudo mostrarlo porque se trataba de la valiosa amiga de su hija.

Además, la madre de Seoeun sabía que antes de conocer a Juyeon su hija había tenido problemas para socializar durante mucho tiempo. Por eso le estaba muy agradecida.

Seoeun solía alabarla a menudo. Decía que era muy buena en los estudios y que era divertido pasar tiempo con ella, pero ¿por qué le haría Juyeon algo tan terrible a su hija?, ¿de verdad la trataba como una esclava como habían dicho en el programa de la tele? Seoeun siempre decía que Juyeon le estaba muy agradecida también...

«La ropa, los zapatos y todo lo que llevaba Seoeun se lo había regalado Juyeon.»

A lo largo del programa la madre de Seoeun lloró amargamente golpeándose el pecho. Cada vez que Seoeun recibía algún regalo de Juyeon se lo mostraba con una sonrisa deslumbrante.

—Mamá, estos zapatos son carísimos. ¿A que son bonitos?

—Parecen nuevos. ¿De verdad te los puedes quedar?

—Sí, Juyeon dice que no le valen y que debería ponérmelos yo. —le había dicho Seoeun de buen humor sonriendo mientras se ponía y se quitaba esos zapatos.

—¿Querías tener unos zapatos como estos? Deberías habérmelo dicho.

—No los quería. Simplemente me los pongo porque me los ha dado Juyeon. Sería un desperdicio tirarlos. Están nuevos.

Su hija ni siquiera decía delante de ella que quería un par de zapatos. Sabía que eran tan caros que, por más que se pasara días limpiando parrillas, no podría comprarlos y entendía que si su madre se enteraba le partiría el corazón.

Un sollozo escapó de los labios de la madre de Seoeun y al momento surgió un sonido desgarrador como el aullido de un animal. Un día más volvió a convertirse en culpable como madre que nunca pudo comprarle ropa o zapatos buenos a su hija y que hizo que no se atreviera a pedirle nada ni siquiera en sus cumpleaños.

36

El abogado Jang

De entre todos tenía que ser precisamente ese sueño. El abogado Jang llevaba muchos días sin dormir decentemente con los preparativos del juicio. Sólo había echado una breve cabezada sobre su escritorio y había tenido una pesadilla. A medida que se acercaba el día las pesadillas que lo atormentaban se volvían más vívidas. Hasta ese día Jang no había logrado comprender por qué le habían ocurrido cosas tan horribles. ¿Había sido sólo porque era bajo, raro e introvertido? No, no había nada que pudiera justificar el tormento que había soportado. Simplemente fue señalado como un juguete para aliviar el aburrimiento de aquellos acosadores monstruosos.

Esos cabrones le pedían que les trajera dinero. Un día también le pidieron que hiciera sus deberes por ellos. Otro, que les subiera de nivel en un videojuego. Otro día le abofetearon hasta partirle el labio diciendo que había tenido mala suerte. En otra ocasión le golpearon con un bate de béisbol sin motivo dejándole el trasero dolorido y magullado. Jang iba muriendo poco a poco mientras ellos se reían de él como si nada les divirtiera más en el mundo.

Si hubiera sido el abogado Jang de ahora habría hecho todo lo necesario para protegerse. Habría presentado una demanda por daños y exigido responsabilidades. Habría hecho que pagasen por los crímenes cometidos. Sin embargo, en esa época era joven y le daba miedo todo. Ese miedo todavía no había desaparecido y en ocasiones convertía al abogado Jang en ese chico incapaz de hacer nada.

Mientras se desprendía de esa pesadilla agotadora miró el reloj y se apresuró. Era el último día que vería a Juyeon antes del juicio.

—¿Quién eres?

Había una mujer extraña enfrente de su despacho. La mujer con el pelo corto sin brillo y una expresión de cansancio dudó cuando vio que se acercaba a ella.

—Soy la madre de Seoeun.

Al principio, no lo entendió. Entonces, el nombre de la víctima le cruzó la mente en un instante.

—Sólo quiero hablar un momento.

La madre de Seoeun parecía demacrada como si no estuviera comiendo bien. Tenía los labios secos y agrietados. Cada vez que una palabra salía de ellos era como si se le escapara el alma. Parecía al borde del colapso. Sólo con mirarla el abogado Jang se sentía como si estuviera cometiendo un pecado.

Jang no sabía qué decir mientras regresaban al despacho y sacaba el té. ¿Qué quería contarle la madre de Seoeun?, ¿había ido a pedirle que no defendiera a la asesina de su hija?, ¿qué le diría si era el caso? Su mente trabajaba a toda velocidad.

—Ésta es la ropa que llevaba Seoeun. Realmente no merezco ser madre. Sé que ella debía querer ropa bonita y buena como sus compañeras, pero yo siempre le hacía llevar ésta.

El abogado Jang sólo pudo corresponder con una sonrisa débil después de que la madre de Seoeun rompiera su largo silencio con aquello.

La chamarra negra de Seoeun se veía desgastada y desteñida como una vieja fotografía.

—Seoeun no tenía nada bueno a excepción de los regalos que le hacía Juyeon.

La madre de Seoeun exhaló con dificultad como si alguien la estuviera estrangulando.

—¿Podrías decirle a Juyeon… que se lo agradezco?

—¿Eh?

Sus palabras fueron tan inesperadas que Jang se preguntó si había escuchado bien. La madre de Seoeun se mordió los labios secos con fuerza como si estuviera pasándolo mal.

—Dile que se lo agradezco… Le agradezco que hiciera por Seoeun lo que yo no pude hacer. Si no fuese por Juyeon mi pobre hija… nunca habría tenido algo bonito que ponerse ni un par de zapatos decente… hasta el día en que nos dejó.

El abogado Jang cerró los ojos con fuerza después de oír eso.

—¿Pero qué error tan grave cometió?, ¿era porque no pudo hacer tanto por ella a cambio? Entonces debió decírmelo. Si me lo hubiera dicho… habría podido hacer algo para ayudar. Lo siento. Es porque no fui capaz de actuar mejor, sabía que Seoeun sólo recibía cosas de ella, pero no pude hacer nada. Todo ha sido mi culpa… pero ¿por qué le hizo eso? Le da tanto miedo estar sola… y aun así la abandonó cuando cerró los ojos en sus últimos momentos. ¿Por qué lo hizo?, ¿por qué?...

Había comenzado a hablar con serenidad, pero sus palabras se habían tornado en sollozos llenos de resentimiento. La madre de Seoeun lloró y se golpeó el pecho. Cuando preguntó por qué había tenido que perder a su hija, el abogado Jang no supo qué contestar.

Una vez se marchó, Jang era incapaz de ir a ver a Juyeon. No podía discernir si lo que estaba haciendo era lo correcto ni si realmente podía creer en su inocencia.

¿Eran Seoeun y Juyeon amigas o había sido una relación injusta en la que sólo fingían serlo? ¿Era Juyeon perversa como decía la gente? ¿Cabía la posibilidad de que hubiera sido engañado por sus mentiras? No lo sabía. Por más que las palabras de Juyeon fuesen ciertas, ¿cómo podía ser que no lo recordara?, ¿por qué era incapaz de recordar el momento en que murió Seoeun? Cuantas más preguntas se hacía más perdía la confianza en sí mismo.

37

La testigo

—¿Eres periodista? Hay algo... que me gustaría contar. La verdad es que lo vi todo. Fui testigo. Juro que es verdad. Quise decirlo antes, pero me daba demasiado miedo ir a la policía, así que... Pensé que ellos se encargarían de todo y preferí no hacer nada. Cuando se lo conté a mi madre me dijo que no hiciera nada estúpido. En realidad, tampoco es que viera con mis ojos qué le pasó a Seoeun... pero no importa las vueltas que le dé, siento que si no hablo ahora me arrepentiré toda la vida. Los demás dicen que el abogado de Juyeon estuvo en el instituto. Dicen que fue a demostrar la inocencia de Juyeon y que la soltarán cuando termine el juicio. Algunos hablan de que nunca pisará la cárcel porque su familia es rica, pero eso no es justo. Seoeun está muerta, así que es injusto que la persona que lo hizo no reciba su castigo.

No, yo no era amiga de ninguna de las dos. Sólo conocía sus caras. Iba a la clase de al lado. ¿Seoeun y Juyeon? ¿No lo has visto en el programa que salió por la tele? Era exactamente como decían. Hasta yo, que no tenía un trato cercano, sentía que había algo un poco injusto en esa relación. Definitivamente era raro.

¿Lo que vi? En realidad... vi a Juyeon aquel día. Había pasado bastante tiempo desde que terminamos los simulacros de examen, así que no quedaba mucha gente, pero yo me había dejado un cuadernillo de ejercicios y volví. Justo estaba saliendo de la clase cuando vi a Juyeon caminando por el pasillo.

No sé por qué, pero después de verla me escondí dentro del aula. Simplemente lo hice porque apenas nos conocíamos y me sentía un poco incómoda con tener que saludarla o pasar a su lado sin decir nada, así que preferí esperar. Soy un poco introvertida...

Me daba miedo, así que no he podido contarlo antes. Ni siquiera he podido decirle a Juyeon que la vi ese día. Sé que he actuado como una cobarde. En realidad todavía tengo bastante miedo, pero también me da miedo que si no digo nada ahora después sea demasiado tarde.

No sé a quién contarle lo que sé y también me da miedo presentarme en la comisaría. ¿Podrías ayudarme?

38

La corte

La sala del juicio estaba llena de un aire frío similar al de una mañana de invierno en la que había helado. La tarde anterior se publicaron numerosos artículos que afirmaban que se había encontrado una testigo crucial para el caso. Era como una declaración de guerra contra el juicio que se celebraba ese día. Por supuesto, el fiscal ya había solicitado la comparecencia de la nueva testigo. Al abogado Jang le invadió una indescriptible sensación de ansiedad.

Se preguntó cuál era el origen de esa sensación. Si lo pensaba fríamente había más motivos para no creer a Juyeon que para hacerlo. Era incapaz de recordar todas las situaciones que le eran desfavorables y lo que recordaba tampoco tenía sentido. Así que ¿por qué creer a Juyeon?, ¿sólo porque su mirada era sincera?, ¿porque no parecía que estuviera mintiendo? No, el abogado Jang no es el tipo de persona que sentiría suficiente lástima como para dejarse arrastrar por las emociones.

Al principio, él también pensó que Juyeon era culpable tal como sugería la fiscalía a juzgar por los mensajes y las huellas en el ladrillo. No era sólo el abogado Jang, en realidad la mayoría de la gente estaba convencida de que fue ella y la opinión pública en ese momento también se inclinaba a pensar lo mismo. Por supuesto, si Juyeon era realmente culpable debía ser castigada, pero ¿y si no lo era? Una persona inocente no debería ser castigada y ésa era la razón por la que estaba haciendo aquello.

«El resto de la gente... todos... dicen que fui yo.»

El abogado Jang imprimió fuerza a su mandíbula apretando los dientes. Se recordó a sí mismo que el rencor no constituye prueba de un crimen. Las pruebas que la señalaban como culpable seguían siendo insuficientes. Jang pensó que era el único capaz de limpiar el nombre de Juyeon, pero cuantas más vueltas le daba más nítidamente veía la cara de la madre de Seoeun en su mente.

«Dile que se lo agradezco... Le agradezco que hiciera por Seoeun lo que yo no pude hacer. Si no fuese por Juyeon mi pobre hija... nunca habría tenido algo bonito que ponerse ni un par de zapatos decente... hasta el día en que nos dejó.»

«¿Por qué le hizo eso? Le da tanto miedo estar sola... y aun así la abandonó cuando cerró los ojos en sus últimos momentos. ¿Por qué lo hizo?, ¿por qué?...»

—Que declare la testigo.

La testigo era una estudiante que iba al mismo instituto. No era alguien que llamase demasiado la atención, se encargaba de sus asuntos en silencio y era el tipo de persona que verías en segundo plano en una fotografía. Debido a ello parecía fuera de lugar en la corte. La testigo se notaba nerviosa por el ambiente denso y opresivo. Se humedecía los labios con la lengua frecuentemente y mostraba señales de ansiedad.

—Vi a Juyeon caminando por el pasillo aquel día. Fue un poco raro porque andaba sin rumbo como si estuviera poseída por un fantasma.

—¿Raro por qué?

—Es que Juyeon... tenía agarrado un ladrillo en la mano. La verdad, no se suele ver a alguien sujetando un ladrillo, así que me escondí en la clase y la observé.

—¿Sujetaba un ladrillo?, ¿estás segura de haberlo visto con claridad?

—Sí, no era una simple piedra, sino un ladrillo. Era rojo y parecía un poco viejo.

Cuando la testigo terminó de hablar los rasgos del abogado Jang se tensaron. En ese instante tuvo una premonición que le descendió desde la coronilla por su espina dorsal. Miró a Juyeon. Ella también sintió su mirada y se la devolvió; el abogado Jang era la única persona que le había creído. La mirada de Juyeon parecía suplicarle que siguiera confiando en ella. Le pedía que, por favor, no soltara su mano hasta el final. El abogado Jang tuvo que recomponerse de nuevo. Tenía que creerle, tenía que creerle. Se repitió esas palabras todo el tiempo como si tratase de hipnotizarse a sí mismo.

—¿Qué hizo la acusada con el ladrillo?

—Juyeon se quedó de pie enfrente de una de las ventanas del pasillo durante un buen rato. Luego, tiró el ladrillo por la ventana. Pude escuchar el golpe con claridad. En ese momento no tuve ni idea, pero... pensándolo ahora creo que Juyeon quizás debió...

Antes de que la testigo terminase de hablar se empezaron a oír resoplidos del público. Estaban furiosos con esa chica que había cometido un crimen, pero no era capaz de reflexionar sobres sus actos.

—Pero ¿por qué no se lo contaste a nadie?

—Al principio no pensé que tuviera nada que ver con lo que le pasó a Seoeun. Después, me daba demasiado miedo decir algo… Luego me enteré por las noticias de que el arma homicida fue un ladrillo y…

El abogado Jang cerró los ojos con fuerza al oír las palabras de la testigo. Sólo entonces entendió qué le había estado provocando esa ansiedad. Era una sensación similar a una profecía como si siempre hubiera sabido que eso ocurriría. Los extremos de los dedos le temblaban y se le puso la piel de gallina. El ladrillo estaba tan hecho pedazos que resultaba poco creíble que Juyeon lo hubiera usado para golpearla… En ese momento todas sus dudas desaparecieron por completo. La razón por la que el ladrillo que el abogado Jang había presentado como prueba de su inocencia se había hecho pedazos quedó esclarecida. El abogado Jang, que había intentado creer a Juyeon hasta el final, tembló con una sensación de traición. Lleno de ira miró a Juyeon y ella sacudió la cabeza como si estuviera perpleja.

«No, no puede ser. Es imposible…»

39

La verdad que no podía recordar sobre aquel día

—¿No te puedes morir? Entonces te mataré yo.
Aquel día.

Cuando Juyeon levantó el ladrillo sobre su cabeza Seoeun se quedó quieta mirándola, pero había un brillo extraño en sus ojos. No mostraban preocupación por Juyeon, ni miedo o culpabilidad. Eran ojos de lástima y de furia, ojos que decían que no podía soportarlo más.

—Déjalo ya.

Juyeon se quedó congelada como si hubiera levantado el ladrillo por orden de Seoeun. Las emociones que habían quedado sepultadas por los celos y la ira pronto se convirtieron en confusión.

—No estoy trabajando en esa tienda por mi novio. A mi madre le cuesta trabajo ganar dinero ella sola y quiero ayudarla, pero esa no es la única razón. Trabajo a tiempo parcial por ti. Lo hago porque también quiero comprarte regalos y cosas ricas de comer.

—¿Cuándo te he pedido que me regales nada?, ¿por qué haces algo tan inútil...?

—Lo hago porque me da la gana.

Era extraño. ¿La persona con la que estaba hablando era

realmente la Seoeun que conocía? Miraba a Juyeon con una expresión que parecía de una desconocida.

—Odio recibir tantas cosas de ti. Odio tener que pedirle dinero a mi madre cada vez que quiero comprar unos fideos instantáneos y odio mi familia pobre cada vez que la veo trabajar tanto.

Antes de que se diera cuenta, los ojos de Seoeun se habían llenado de lágrimas que no podían terminar de fluir debido al enfado.

—Sé que has estado contando rumores extraños a los demás.

Juyeon se quedó desconcertada cuando le dijo eso. Había dicho mentiras ridículas como que Seoeun no podía resistirse a los hombres y les había pedido que pagasen sus citas. Pensaba que mintiendo volvería con ella, pero no lo hizo. Quizás porque sabía toda la verdad.

—Me da igual. De todas formas, nunca te he visto como una amiga.

—¿Qué?

¿Era así como se sentía que te arrancasen el corazón y lo pisoteasen? Juyeon estaba mareada y con cada palabra de Seoeun le daba un vuelco el corazón.

—No sabía que mi idea de aguantar sólo hasta que encontrase otra amiga fuese a durar tanto tiempo.

—¿De qué estás hablando?

—Me preguntaste si te estaba usando ¿no? Pues es verdad. Te he usado. Me dabas cualquier cosa sólo con que te dijese que la necesitaba. Si hubiese querido habría podido usarte mucho más. ¿Te acuerdas? Cuando estábamos en secundaria me dijiste que si ganabas una beca en la academia me la darías. Estuve esperando una hora enfrente de la academia ese día que hacía tanto frío sólo para recibirla. En ese entonces hacía realmente todo lo que me pedías, me ajustaba a lo que querías.

—Ahora... ¿qué estás diciendo?

—No me mires así. Para ser sinceras a ti también te gustaba. Te tenía miedo y hacía todo lo que me pedías.

Mentira.

Juyeon dio un paso hacia atrás como si hubiera visto un fantasma. Seoeun la miró y soltó una risita.

—¿Por qué te piensas que estaba siempre a tu lado?, ¿crees que era porque me gustabas un montón? Hasta cuando salíamos tenía que aguantar que tu madre preguntase por qué salías con alguien de tan bajo nivel y soportar toda la mierda que me decías. Hice lo que pude. Bastaba dar un poco más de lástima y ser un poco más amable para que me dieras ropa que valía un montón de dinero, era tan fácil como eso.

—...

—Pero ahora voy a dejar de hacerlo. Por eso lo siento.

Juyeon tropezó. Sus piernas perdieron fuerza y al mismo tiempo tuvo miedo de Seoeun. ¿La había utilizado? No podía ser verdad, su amiga nunca haría eso... Sacudió la cabeza negando varias veces y Seoeun resopló al verla.

—Pensaba fingir que no sabía nada y que soy tu amiga para seguir utilizándote, pero ahora me das lástima. A lo mejor piensas que soy patética, pero creo que la realmente patética eres tú. No tienes a nadie en quien apoyarte excepto a mí.

Mentiras, mentiras, mentiras...

Juyeon siguió sacudiendo la cabeza. No paraba de decirse a sí misma que era imposible que su amiga hubiera actuado así y que todo eso era una pesadilla.

Cada vez que su mirada se cruzaba con la de Seoeun se le ponía la piel de gallina.

—¿Qué pasa?, ¿no te crees que te utilizara?, ¿o es que esperabas que te pidiera perdón y te suplicara ser mi amiga y te has quedado de piedra? Oye, Juyeon, yo también soy humana. ¿Sabes cómo me sentía cada vez que me despreciabas?

No, esa no puede ser Seoeun. Juyeon sacudía la cabeza todo el rato mientras Seoeun la miraba con desdén. Retrocedió otro paso por el miedo que le provocaba su mirada. Aun así, Seoeun siguió mirándola de ese modo y ella dio otro paso, luego dos y luego tres como si alguna fuerza la empujara.

—¿No podías haber sido más amable conmigo? No desprecies así a la gente.

Juyeon sacudió la cabeza. De haber podido le habría gustado taparse las orejas. Evitó la mirada de Seoeun y se marchó corriendo como una niña asustada.

No pensaba en nada. Ni siquiera se dio cuenta de que el ladrillo seguía en su mano. Siempre había sido honesta con Seoeun, ¿a partir de qué momento se había torcido todo? Cuando volvió en sí ya estaba enfrente del aula. Deambuló por el pasillo y se detuvo frente a la ventana del pasillo. Seoeun estaba de pie ahí sola. En ese momento, se giró y miró hacia la ventana por la que se asomaba. Cuando sus miradas se cruzaron Juyeon retrocedió sorprendida como si se hubiera quemado. Agarró su bolsa y se marchó corriendo de inmediato.

En el alféizar de la ventana por la que se había asomado hacía un momento descansaba el ladrillo rojo. Un ladrillo con las huellas dactilares de Juyeon claramente impresas. Juyeon era una chica mala que no sabía cuidar de sus amigos y pensaba que siempre estarían ahí para ella. Los trataba sin cuidado, no sabía expresarse y aunque le cayesen bien lo único que sabía hacer era actuar como si estuviera irritada.

Aun así, Juyeon siempre consideró a Seoeun su amiga. Para ella, Seoeun era alguien con quien quería estar siempre cuando estaba pasando por un momento difícil, cuando se sentía sola y cuando estaba contenta. Era una amiga en la que podía confiar y apoyarse. Perderla significaba perder a esa persona con la que siempre compartía buenos y malos momentos. Así que, decidió olvidar la última conversación que tuvo con Seoeun. La borró de sus recuerdos y dejó sólo a la Seoeun que siempre era amable y estaba a su lado. Por eso hasta el final no fue capaz de recordar las últimas palabras que le había dicho.

40

La testigo

Señor, que estás en los cielos.

Juyeon es una chica realmente egoísta. Se creía que era la mejor del mundo y al final mira lo mala que era.

¿Sabes lo mala que ha tenido que ser para que todo el mundo piense que fue ella? Todos los que al principio estaban de su parte y decían que era imposible que hubiera hecho algo así ahora creen que es culpable. Es un poco extraño ¿no? Han empezado a decir cosas tipo: «¿Juyeon ha perdido la cabeza?» y «Pobre Seoeun».

¿Sabes qué? A ninguno de ellos le importa Park Seoeun. Siempre murmuraban como si ser pobre fuese un delito, pero ahora andan diciendo que les da pena, que no sabían que Juyeon la trataba así y que les duele por dentro, ¿no tiene gracia?

Lo que pasó aquel día fue de verdad un accidente. Lo juro. Después de mirar por la ventana Juyeon se marchó corriendo como una loca, así que me entró curiosidad. Me preguntaba qué había visto para sorprenderse tanto y miré hacia abajo, pero sólo estaba Seoeun. Oh, Dios. ¿Se habían peleado o algo?, ¿por qué habían terminado así? Eso fue todo lo que pensé. Luego me fui al aula a buscar mi mochila y al pasar le di con ella al ladrillo que seguía en el alféizar.

Fue por error. Lo juro. ¿Quién habría podido imaginar que le daría sin querer al ladrillo y que caería? ¿Quién iba a pensar que Park Seoeun seguiría justo debajo y que...?

Pensé que me iba a volver loca. No podía dormir. Pensaba que, por supuesto, no habría ocurrido nada malo, que no era posible. Al día siguiente cuando fui al instituto por la mañana todo parecía seguir como si nada hubiera ocurrido. Era una mañana como cualquier otra. Me acerqué a mirar por la ventana por si acaso...

Nunca se me ocurrió pensar que Seoeun moriría. Pensé que alguien la encontraría y la llevaría al hospital, pero por la mañana seguía en el mismo lugar. Estaba tan sorprendida... Grité, me caí hacia atrás sin darme cuenta y todos se empezaron a reunir a mi alrededor por el ruido y se pusieron a gritar... Eso es lo que pasó.

Cuando señalaron a Juyeon como culpable yo supe que no era cierto. Me sentí como si me fuera a estallar el corazón. Pensé que la policía vendría a buscarme en cualquier momento. Juyeon no era la culpable, pero en la televisión y en internet todos decían que era una asesina y una persona horrible.

Piénsalo. En realidad, yo sólo cometí un error, pero Juyeon llevaba mucho tiempo atormentando a Seoeun. ¿No sería «justo» que recibiera un castigo después de haber estado acosando a Seoeun de esa forma? Sí, lo reconozco. Mentí un poco por justicia.

Luego empecé a pensar que, a lo mejor, no había sido yo desde un principio, sino Juyeon la que lo hizo. Pensé que a lo mejor yo había sido testigo de verdad. Ya sabes, si no era ese el caso, ¿por qué se había sorprendido tanto Juyeon y había salido corriendo de esa forma al ver a Seoeun? También era extraño que hubiera llevado ese ladrillo hasta el pasillo del instituto. Sí, cuanto más pienso en ello más raro me parece. El hecho de que ella estuviera mirando por la ventana mientras agarraba el ladrillo... ¿no significa que tenía intenciones de tirárselo a Seoeun desde el principio?

Me puse muy nerviosa con lo del juicio, pero al final no fue tan malo como pensaba. Nadie sospechó de mí. Tiene gracia ¿no? La gente se cree que lo sabe todo, pero en realidad no saben nada.

¿La verdad sobre la que todos sienten tanta curiosidad? Es simplemente ésta. Esto es todo, pero nadie fue capaz de descifrar algo tan sencillo. Probablemente porque Juyeon es una chica mala, ¿no? Porque es alguien que merece que la odien.

Pero, Señor.

¿Tú crees en lo que dijo Juyeon? Eso es algo por lo que realmente siento curiosidad.

Fact is simple

Palabras de la autora

En primer lugar, me gustaría aclarar que esta novela es un trabajo puramente ficticio, sin relación con ningún suceso real. Mientras la escribía, tuve que detenerme en muchas ocasiones preguntándome si mi historia podría herir a alguien, y esas preocupaciones me hicieron pasar varias noches en vela.

Matar a una amiga es una historia sobre la verdad y la creencia. A menudo reflexiono sobre la verdad: ¿Es un hecho o se construye a partir de lo que la gente quiere? Ése es el punto de partida de esta novela.

La verdad cambia mucho. Hace mucho tiempo cuando Galileo Galilei propuso su teoría heliocéntrica, no le creyeron. En lugar de eso, fue enjuiciado por mentir. Se me ocurrió que quizá la verdad fuera algo así. La verdad es lo que la gente cree. Lo que una vez se creyó que era verdad puede terminar convirtiéndose en mentira con el paso del tiempo.

Cuando todo el mundo apunta en una misma dirección, dudar y afirmar que no es verdad puede ser más difícil e incómodo de lo que parece. Por eso, tendemos a mostrarnos de acuerdo con la opinión mayoritaria y considerar que es válida. Esto ocurre especialmente con los crímenes. Sin embargo, cuando soy yo la que se encuentra en la posición de ser juzgada, los pensamientos de esas personas me resultan mucho más desesperantes. Por más que no haya hecho nada, si todos me señalasen a mí, ¿sería capaz de seguir creyendo en mí misma? Al principio podría negarlo. Después me sentiría injustamente acusada y enfadada. Sin embargo, si nadie me creyese, podría llegar un momento en que empezase incluso a dudar de mí misma.

Al pensar en ello, me parece que Juyeon es una chica realmente desdichada. Ni siquiera su madre y su padre la creen. Su amiga Seoeun, la única persona con la que de verdad podía abrir su corazón, llegó a decirle que jamás la había considerado una amiga. Si lo piensas, nadie creyó en Juyeon. Ni siquiera el abogado Jang, que fue el último en decir que la creería, terminó haciéndolo. En una situación como ésa, ¿podría Juyeon defender su inocencia hasta el final? Quizá sigas teniendo una mala impresión de Juyeon o a lo mejor a lo largo de la novela la has percibido como una chica que «merece ser odiada».

Una autora debe asumir responsabilidades por los personajes de su novela. Por eso, intento no escribir sobre ninguno de ellos a la ligera, pero esta historia la comencé con el corazón apenado por Seoeun. Por eso, me gustaría pedirle perdón.

Finalmente, quisiera agradecer al equipo editorial que revisó el manuscrito y compartió sus ideas. Y también quisiera agradecerte a ti, que has empatizado con el dolor de otros y te has indignado con ello.

Esta obra se imprimió y encuadernó
en el mes de abril de 2025,
en los talleres de Egedsa, que se localizan en
la calle Roís de Corella, 12-16, nave 1,
C.P. 08205, Sabadell (España).